「仲間のところにお帰り」
鋼殻のレギオス VI
レッド・ノクターン

「誰が許さないのかね？
少なくとも私ではないと思うが？」

「……僕がこんなところでじっとしているなんて、
許されないんです」

「人はかつて、我をクラウドセル・分離マザーⅣ・ハルペーと呼んだ」

# 鋼殻のレギオス 6
## レッド・ノクターン

雨木シュウスケ

ファンタジア文庫

1324

口絵・本文イラスト　深遊

# 目次

## 登場人物紹介

●レイフォン・アルセイフ　15　♂
　主人公。第十七小隊のルーキー。グレンダンの元天剣授受者。戦い以外優柔不断。
●リーリン・マーフェス　15　♀
　レイフォンの幼馴染にして最大の理解者。故郷を去ったレイフォンの帰りを待つ。
●ニーナ・アントーク　18　♀
　新規に設立された第十七小隊の若き小隊長。レイフォンの行動が歯がゆい。
●フェリ・ロス　17　♀
　第十七小隊の念威繰者。生徒会長カリアンの妹。自身の才能を毛嫌いしている。
●シャーニッド・エリプトン　19　♂
　第十七小隊の隊員。飄々とした軽い性格ながら自分の仕事はきっちりとこなす。
●ハーレイ・サットン　18　♂
　錬金科に在籍。第十七小隊の錬金鋼のメンテナンスを担当。ニーナとは幼馴染。
●メイシェン・トリンデン　15　♀
　一般教養科の新入生。強いレイフォンにあこがれる。
●ナルキ・ゲルニ　15　♀
　武芸科の新入生。武芸の腕はかなりのもの。
●ミィフィ・ロッテン　15　♀
　一般教養科の新入生。趣味はカラオケの元気娘。
●カリアン・ロス　21　♂
　学園都市ツェルニの生徒会長。レイフォンを武芸科に転科させた張本人。
●アルシェイラ・アルモニス　??　♀
　グレンダンの女王。その力は天剣授受者を凌駕する。
●シノーラ・アレイスラ　19　♀
　グレンダンの高等研究院で錬金学を研究しているリーリンの良き友人。変人。
●ハイア・サリンバン・ライア　18　♂
　グレンダン出身者で構成されたサリンバン教導傭兵団の若き三代目団長。
●ミュンファ・ルファ　17　♀
　サリンバン教導傭兵団所属の見習い武芸者。弓使い。
●ダルシェナ・シェ・マテルナ　19　♀
　元第十小隊副隊長。美貌の武芸者。シャーニッドとの間に確執がある。
●ロイ・エントリオ　19　♂
　学園都市マイアスの都市警察で働く、人望ある武芸者。
●狼面衆　??　??
　イグナシスの使徒たち。目的含め、全てが不明。

# プロローグ

それは、不意打ちのような出会いだった。

シノーラ・アレイスラことアルシェイラ・アルモニスにとって、眠《ねむ》るということは弱点を晒《さら》すということではない。確《たし》かに眠っていれば普段《ふだん》よりもはるかに感覚は鈍《にぶ》くなってしまうが、それでもその隙《すき》を突《つ》くことなど天剣授受者《てんけんじゅじゅしゃ》でさえ難《むずか》しかろう。

いまは従順《じゅうじゅん》なカナリスで、そのことは実証《じっしょう》されている。殺剄《さっけい》をした天剣授受者でさえ、百歩以内に近づいてくれば察知することができる。自信ではなく、事実として。

その日、シノーラは研究室で徹夜《てつや》をした後だった。他の研究員たちと朝まで宴会《えんかい》をして、酔《よ》い醒《ざ》ましにと外に出て、そのまま芝生《しばふ》で眠ってしまったのだ。朝からとても気持ちのいい天気だったし、隣《となり》の上級学校が入学式で、ここの研究生たちも手伝いにかり出されているため、一日、人が少なくなることがわかっていた。

シノーラの奇行《きこう》は、すでに研究員の間でも有名だ。昼寝《ひるね》程度《ていど》では奇行にすら入らない。これだけ人が少なければ咎《とが》められることもないだろうとシノーラは堂々と芝生の上に寝転び、遠慮《えんりょ》なく夢《ゆめ》の世界に落ちていた。

(見つかっても、すぐに起きれば良いし〜)

頑固《がんこ》な教授にでも見つかって怒《おこ》られるのもまた楽しいと思っていた。

シノーラ・アレイスラという仮初《かりそ》めの素性《すじょう》は、アルシェイラ・アルモニスでは楽しめない普通の生活を満喫《まんきつ》するためにあるものだ。素行《そこう》不良で教授に怒られるというのも、アルシェイラでは楽しめないものの一つだ。

だから起きればいいなんて思っていても、起きる気はない。

しかし、そうやってシノーラという人間を演《えん》じるのにも少し飽《あ》きてきた。

人生に楽しいだけのことなんてない。結局は退屈《たいくつ》との戦いなのだ。アルシェイラ・アルモニスという役割《やくわり》の人間を演じる日々の退屈さを紛《まぎ》らわせるためにシノーラを名乗っているというのに、そこでも退屈を感じていては話にならない。

(止《や》め時かな)

そんなことを考えながら、眠った。

しかしまさか、自分のすぐ側《そば》にまで来られて、ようやく気付くなんてことになるとは思わなかった。

(何者!?)

声も出さず、シノーラは目を開けた。動作そのものはゆっくりとしたものだった。逆《ぎゃく》に自分にここまで接近《せっきん》し得た者が次にどういう行動に出るのか、それを楽しむ余裕《よゆう》さえあった。

しかし、泣いているなんていうのは予想外だった。

「へ？」

そこにいたのは、ごく普通の少女だった。勁《けい》を隠《かく》しているというわけではない。どんなに隠していても、シノーラには勁脈の鼓動《こどう》を耳にすることができる。

(この子が……？)

信じられなかった。こんな、自分の気配の隠し方さえ知らないような少女に接近を許《ゆる》してしまうなど初めての体験だ。

「ねぇ、どうして泣いているの？」

少女はシノーラを見て泣いていた。なにか悲しいことがあったのなら、よそで泣けばいい。誰《だれ》かに慰《なぐさ》めて欲《ほ》しいのなら、わざわざ寝ているシノーラの前で泣いたりはしないだろう。

シノーラを見て泣いているのだとしたら、なぜ？

「すいません。迷《まよ》っちゃったみたいで……」

呆然《ぼうぜん》とした顔で泣いていた少女は、慌《あわ》てた様子で目元を拭《ぬぐ》った。高等研究院に入るには歳《とし》が若《わか》すぎる。どうやら、上級学校の新入生らしい。

「それはいいんだけど、どうして？」

「わたしも……なにがなんだか……」

嘘《うそ》をついている様子はない。本当に自分でもどうして泣いているのか理由がわかっていない様子だ。

「なんでかわからないんですけど、急に胸《むね》がいっぱいになった感じがして目が離《はな》せなくなって……」

「ふうん……」

シノーラは戸《と》惑《まど》う少女の、涙《なみだ》に濡《ぬ》れた瞳《ひとみ》を見た。

そこにはシノーラが映《うつ》っている……はずだった。

「え？」

「はい？」

「あ、ああ……ごめんね、なんでもない」

内に荒《あ》れ狂《くる》う動揺《どうよう》を笑顔《えがお》でごまかし、さらに瞳を見つめる。

そこに映っているのは、やはりシノーラではない。少女の瞳を鏡としてシノーラが見えているものが映っているのなら、おかしなことではなかった。

だが、シノーラすらも映っていないというのはどういうことなのか……？

そこに映っているのは、四足《しそく》の獣《けもの》だ。グレンダン、槍殻《そうかく》都市を真に支配《しはい》する汚染獣《おせんじゅう》を憎《ぞう》悪《お》する狂気《きょうき》の精霊《せいれい》。

そして、グレンダンの背後《はいご》に立つ、もう一つの影《かげ》。アルモニス家によって秘匿《ひとく》された槍殻都市の真実。グレンダンの中で眠《ねむ》るもう一つの魂《たましい》。

それを、少女が見ている。

見間違《みまちが》えようもないほどにただの一般《いっぱん》人でしかない、この少女が。

（そういうことなの？）

その理由を考えれば、結論《けつろん》は一つしかない。

（武芸者《ぶげいしゃ》でもないこの子までそういう運命に巻《ま》き込《こ》もうと……？　それとも、こうなってしまうほどに遺伝子《いでんし》情報《じょうほう》は拡散《かくさん》してしまったということなのかしら？）

自律型移動都市《レギオス》……それを生んだ錬金術師《れんきんじゅつし》たちと、この世界との戦いを強制《きょうせい》する、運命という名の遺伝子情報。

だが、これは単なる偶然《ぐうぜん》なのかもしれない。

錬金術師たちとて万能《ばんのう》ではない。この世界があるということがそれを示《しめ》している。本当にただの偶然、予想外のことなのかもしれない。

(でも、もしそんなことになるのなら……)

「わたしはシノーラ・アレイスラよ。あなたは？」

「あ……リーリン・マーフェスです」

「うん、よかったら友達になりましょう」

もしも、こんななんの力もない少女が、シノーラでさえも抗《あらが》うことのできない運命の渦《うず》に飲み込まれるというのならば……

(わたしが、全力で守ってあげる)

たとえ、いかなる手段《しゅだん》を用いてでも。

それは、シノーラ・アレイスラという人間が確《たし》かに生まれた瞬間《しゅんかん》でもあった。

# 01　壊《こわ》れた家で

学園都市に来たのは今回が初めてではない。ミュンファ・ルファはぼんやりと主の隣《となり》に立ちながら考えた。

学園都市というのは基本《きほん》的にそれほどお金を持ってはいない。学生を援助《えんじょ》するための施《し》設《せつ》や制度を維持《いじ》するために、都市の利益《りえき》が回されてしまうからだ。だから、ミュンファの所属《しょぞく》するサリンバン教導傭兵団《きょうどうようへいだん》にとって学園都市は上客にはならない。また、地図を作って確認《かくにん》したわけではないが、学園都市の移動《いどう》半径の周囲には必ず強力な武芸者がいる、あるいは生む土壌《どじょう》のある都市が存在《そんざい》している。そのことによって、汚染獣が学園都市に接近《せっきん》する可能性《かのうせい》を下げている。

一つの都市で生活しているだけではわからないが、移動都市の配置にはそれなりの計算がされているように思える。

(こんなこと、傭兵団に入るまで考えもしなかったけど)

それでも時折、傭兵団は学園都市に訪《おとず》れる。サリンバン教導傭兵団の、〝傭兵〟としての役割《やくわり》ではなく〝教導〟の部分でだ。学生武芸者という、半端《はんぱ》な立ち位置にいる武芸者にこそ、実戦の匂《にお》いを——たとえそれが残り香《が》だとしても——感じさせることは正しい教導であると、先代団長は言っていた。

……他の人たちは休暇《きゅうか》だなんて言っているけれど。

ミュンファ自身、学園都市に訪れるのはそろそろ両手の指では足りなくなるかもしれないぐらいには訪れている。もちろんその中には移動途中《とちゅう》の補給《ほきゅう》も含《ふく》まれている。

七年。ミュンファがサリンバン教導傭兵団に拾《ひろ》われてからそれだけの年月が経った。あまりにも役立たずだったため、いまだに一人前と認《みと》めてもらえず、まともに戦場に立たせてもらえていないが、それでも七年という月日を死ぬこともなくこうして生きていられたことはすごいことだと思う。

それもまた都市から都市へと放浪《ほうろう》するようになってから思うようになったことだ。

「幼生体《ようせいたい》、探査範囲《たんさはんい》に全捕捉完了《ほそくかんりょう》。数五百、こちらに気付いたな」

不意に性別不明の機械音声が響《ひび》いて、物思いに耽《ふけ》るのを止《や》めた。

ここは学園都市ツェルニの外縁部《がいえん》。放浪バス停留所《ていりゅうじょ》の一つだ。

ミュンファたちは自分たちの放浪バスの屋根の上にいた。他の放浪バスよりもはるかに大きい傭兵団専用《せんよう》車は、一見すれば動く砦《とりで》のように見えなくもない。おかげで停留所の係《けい》留索《りゅうさく》を三台分も使用している。

ただ、教導傭兵団の人数は現在《げんざい》武芸者四十三名と技師《ぎし》等数名。彼らの最低限《げん》の生活空間と錬金鋼《ダイト》を整備《せいび》する空間、予備物資《ぶっし》等々を考えればこれぐらいの大きさは必要になる。

ミュンファが目を凝《こ》らしてみても、そこから見えるのは騒音《そうおん》を撒《ま》き散らしながら稼働《かどう》する巨大《きょだい》な都市の足と、その向こうにある荒《あ》れた大地の光景だけだ。

だが、ミュンファの右隣にいる機械音声の主、フェルマウスには別のものが視《み》えている。

「動きはどうさ？」

問うたのは左隣でどっしりと腰《こし》を下ろしている人物だ。

ミュンファの主にしてサリンバン教導傭兵団の現団長である少年。

ハイア・ライア。

「すでに捕捉《ほそく》している。私からすれば非《ひ》効率《こうりつ》的な端子《たんし》の配置だが、才能という名の壁《かべ》はやはり厚《あつ》いということなのだろう。発見は私よりも早い」

ミュンファを拾ってくれたのはフェルマウスだ。その時からお世話になっているのだが、最近になってようやく仮面《かめん》と機械音声に包まれたこの人の感情《かんじょう》がなんとなくわかるようになった。

フェルマウスは純粋《じゅんすい》に自分よりも早く幼生体を発見した念威《ねんい》繰者《そうしゃ》に感動している。

たしか、その念威繰者の名前はフェリ・ロス。

「戦ったらどっちが勝つさ〜？」

「そういう、子供の力比《くら》べ的な幼稚《ようち》な予想は好かないな。だが……仮定して手駒《てごま》の実力が五分、いや、四分六分ほどの劣勢《れっせい》なら私が勝てるだろう。能力に頼《たよ》りすぎている面が強すぎる。ヴォルフシュテインほどに研ぎ澄まされてはいないからな」

「あれもいまじゃ、錆《さ》び付いてるさ」

ハイアがそう吐《は》き捨《す》てる。団長になったいまでも年相応《そうおう》の子供《こども》っぽさを隠《かく》さないのだが、ヴォルフシュテイン……レイフォン・アルセイフに対してはそれが強く表に出ているように見える。

その理由はよく知っている。拾われた当初から同年代ということで一緒《いっしょ》に扱《あつか》われていたから、ハイアのことは大体わかっている。

しかし、そんな二人の関係もいまや団長と教導される見習い武芸者《ぶげいしゃ》というはっきりとした溝《みぞ》ができてしまった。

その溝を寂《さび》しいと思う半面、側《そば》にいて良い理由にもなって嬉《うれ》しいと思う気持ちもある。

「それでも勝てないのが、お前の現実だが」

フェルマウスの冷たい言葉に、ハイアが唇《くちびる》を尖《とが》らせた。

無機質《むきしつ》な仮面を揺《ゆ》らして、言葉を続ける。

「だが、確《たし》かに錆び付いてはいるのだろう。技術《ぎじゅつ》ではなく、心が、という訂正《ていせい》は入るけれどね。かつてヴォルフシュテインという名の剣《けん》だったあの少年は、持ち主を選ぶほどの名剣だったに違《ちが》いない」

槍殻都市《そうかく》グレンダンから生まれたサリンバン教導傭兵団《きょうどうようへいだん》だが、この三人の中でグレンダン人はフェルマウスしかいない。残りの傭兵たちにしても半分以上が都市間を放浪している間に仲間になった者たちで、もはや教導専門となった引退間際《いんたいまぎわ》の高齢者《こうれいしゃ》や、あるいは放浪中に生まれた二代目だったりする。フェルマウスのようにグレンダンを知りながら現在も戦場に立つような人物は希少だ。

天剣授受者《てんけんじゅじゅしゃ》の強さを知っている者は老人しかなく、そして若《わか》い者たちは老人たちの言葉を美化された、あるいは誇張《こちょう》された過大評価《かだいひょうか》として聞き流すのはどこでも同じではないだろうか。

だから、ミュンファも正直、グレンダンの最強を担《にな》う天剣授受者がそれほどすごいものだとは思ってなかった。

ハイアに勝てる武芸者なんて、いないと思っていた。

それが、いた。

レイフォン・アルセイフ。

グレンダンで生まれ、グレンダンから放逐《ほうちく》された元天剣授受者。

その彼がいま、ミュンファには見えない場所で汚染獣《おせんじゅう》の幼生体《ようせいたい》と戦っている。

「だが、相応《ふさわ》しい使い手を持たない名剣は、錆びたナイフとなんら変わらない。使い捨てられる運命だ」

そう呟《つぶや》いたフェルマウスの言葉には、どこか寂しさがあるような、そんな気がした。

†

レイフォンがランドローラーを走らせて目的地へと辿《たど》り着いた時、すでに地を割《わ》って幼生体たちが溢《あふ》れ出していた。硬《かた》くなった大地を裂《さ》いて姿《すがた》を現《あらわ》す様は、壊《こわ》れた水道管のように見えなくもない。次々と飛び出し、そして地に広がる。違うのはそのまま大地に吸《す》い込まれていくことはないということぐらいか。

「視認《しにん》しました」

(動反応《はんのう》の総数《そうすう》は五百、地下の母体、その他幼生体の残骸《ざんがい》らしき物体からの生命反応はありません)

母体は幼生体に食われ、そして共食いが始まっていたということなのだろう。レイフォンはランドローラーのブレーキをかけて速度を落とすと複合錬金鋼《アダマンダイト》を抜《ぬ》き出した。

「了解《りょうかい》、すぐに片付《かたづ》けます。フェリは次の探査《たんさ》を」

スリットにスティック型の錬金鋼《ダイト》を差し込《こ》んでいく。いままでは別々の性能《せいのう》を持っていた錬金鋼に、組み合わせによって様々な形態と性質を得ることができるのが複合錬金鋼《アダマンダイト》の最大の特徴《とくちょう》だ。

（しかし、まだフォローが……）

言いよどむフェリを置いて、レイフォンは錬金鋼《ダイト》に剄《けい》を流し、復元鍵語《ふくげんけんご》を呟く。

「レストレーションAD」

組み合わされた錬金鋼《ダイト》の結果、レイフォンの手には柄《え》だけの奇妙《きみょう》な武器が残された。柄の先は無数の鋼糸《こうし》となり、宙《ちゅう》に溶《と》けるように広がっていく。

「フェリを信じてますから。倒《たお》した数は自分で数えます。フェリは視覚のフォローだけをお願いします」

（……わかりました）

信じるという言葉を信じたのか……あるいはすでに何度もした会話を繰《く》り返すことに疲《つか》れているのか、フェリからの反論《はんろん》はなく、フェイススコープに取り付けられた念威端子《ねんいたんし》を除《のぞ》いて、他の全《すべ》てがこの周囲から去っていくのを感じた。

全ての念威端子の動きを、鋼糸を介《かい》さずに察知できるほどにレイフォンの感覚は研ぎ澄まされていた。自分でも恐《おそ》ろしいと感じるほどだ。

だが同時に、自分の中に言いようのない鈍《にぶ》さが混《ま》じっていることもわかっている。

ランドローラーから降《お》りず、エンジンを切ることもなく、レイフォンは鋼糸に剄《けい》を流す。

その瞬間《しゅんかん》に、もう自分の鈍さを自覚する。

重々しいなにかが自分の中心に居座《いすわ》り、思考の速度を重くしているような気にさせる。

だからといって体のほうに異常《いじょう》があるとは思えない。むしろ、都市内では抑《おさ》えて使っている剄を存分《ぞんぶん》に垂《た》れ流しているだけに、どこか充実《じゅうじつ》したような気分にもなるのだ。

だが、その充実感は晴れ晴れしさと同義ではないところがやはり問題なのだろう。

「早く、この状況《じょうきょう》を何とかしないといけないのに……」

呟き、レイフォンは鋼糸をこちらに向かってくる幼生体の群《むれ》に殺到《さっとう》させた。


どうしてこうなったのだろう？　答えはわかっているというのに、繰り返し脳裏《のうり》に浮《う》かぶあの日のことを思い出すたびに疑問《ぎもん》が浮かび上がってくる。


あの日……

サリンバン教導傭兵団との共同作戦を終えて戻《もど》ったレイフォンを出迎《でむか》えたのは、妙な寂《さび》しさと緊張感《きんちょう》だった。

片方の理由はすぐにわかった。

汚染獣《おせんじゅう》の排除《はいじょ》に成功して帰還《きかん》したレイフォンたちは、ツェルニの下部にある外部ゲートから迎え入れられた。ヘルメットを外し、濾過機《ろかき》を通さない生の空気を肺《はい》に取り入れながら、レイフォンは出迎えてくれた人たちを見た。

生徒会長のカリアン、武芸長《ぶげいちょう》のヴァンゼ、その他、生徒会の生徒たち、ハーレイ、都市に残っていたサリンバン教導傭兵団の幹部《かんぶ》級らしき武芸者……そして、フェリ。

彼らがレイフォンと、ハイアたちサリンバン教導傭兵団の一員とシャーニッド、ナルキ、ダルシェナたちを出迎えてくれた。

その中に、ニーナがいない。

寂しさの正体はこれだ。これほどの違和《いわ》感はない。ニーナは第十七小隊の隊長だ。レイフォンやシャーニッドたちはその隊員なのだ。

部下を出迎えないなんてことをするような人ではない。

とても、嫌《いや》な予感がした。

フェリのいつもの無表情《むひょうじょう》にこわばりがあった。ハーレイなんてあからさまに青い顔をしている。

何か言いたそうで、しかし言うことをためらっているように視線が泳いでいる。

それだけで、十分だ。

「隊長は、どうしました？」

それでも聞かなければならない。いずれわかることだし、誰《だれ》かが聞かなければならない。

隣《となり》にいたシャーニッドも、ニーナに何かが起きたことをすでに感じ取っているようだった。

だが、聞く役を年長者の彼に譲《ゆず》ったりはしなかった。

レイフォンは尋《たず》ね、そして一同を見回した。

対して、答えたのは年長者だった。

何かを言いかけたフェリとハーレイを手で制《せい》し、カリアンが口を開く。

「彼女は現在《げんざい》、行方《ゆくえ》不明だ」

冷たく辛《つら》い現実を、銀髪《ぎんぱつ》の生徒会長が告げた。

その瞬間、レイフォンは自分の中でコトリ……となにかの音がしたのを感じた。

「どういうこった？」

今度はレイフォンではない。

シャーニッドがレイフォンの肩《かた》に手を置いてそう尋ねた。その声にはレイフォンと同じ動揺《どうよう》があり、同時に動揺に揺《ゆ》り動かされまいとする冷静さがあった。

シャーニッドの視線《しせん》がフェリを見た。ニーナのフォローは彼女が行っていたのだ。

行方不明のその瞬間まで知っているはずだ。

見つめられ、フェリは慎重《しんちょう》に口を開いた。

「……機関部に入り、中枢《ちゅうすう》に辿《たど》り着くまでは隊長の行動を捕捉《ほそく》していました」

「ってことは、見失ったのか？」

シャーニッドの声に宿る驚《おどろ》きの響《ひび》きに、フェリは小さく頷《うなず》いた。

「中枢に辿り着いたところで、突然《とつぜん》、隊長の反応《はんのう》が消失しました。すぐに周辺を捜索《そうさく》しましたが、見つけることはできませんでした」

「そんな……」

淡々《たんたん》と語る事実にレイフォンは愕然《がくぜん》となった。

「中枢内部に侵入《しんにゅう》したという可能性《かのうせい》もある。あそこは我々《われわれ》は誰も手を出せない最重要機密《ブラックボックス》だ」

妹の後を継《つ》いで、カリアンが口を開いた。

「だがそれゆえに、内部に侵入したのだとしたら完全なお手上げだ。あの場所には手を出せない。なにが原因《げんいん》で故障《こしょう》になるかわからないからね。都市の足を止める危険《きけん》を冒《おか》すわけにはいかない」

決然としたカリアンの言葉に、レイフォンは自分の中にもやもやと湧《わ》き上がる感情に形を定めなければならないという思いに駆《か》られた。

つまり、これは自分の責任《せきにん》なのだろう、と。

五百を数え終わるのに長い時は必要としなかった。成体になる前の汚染獣にレイフォンは脅威《きょうい》を感じない。リンテンスの千分の一にまでしかいけないと……彼は形容《けいよう》に使う数字に大きなものを使う癖《くせ》があるから桁《けた》数に信頼《しんらい》は置けないが、それでもリンテンスよりもはるかに拙《つたな》い鋼糸《こうし》の技《わざ》とレイフォン自身の剄《けい》の量をもってすれば、それぐらいの数の幼生体《ようせいたい》を一瞬《いっしゅん》で切り捨《す》てることにさほどの時間はかからない。その上、今回は全《すべ》ての幼生体がレイフォンに、その背後《はいご》にあるツェルニに向かって愚直《ぐちょく》なまでの一直線で向かってきていたのだ。罠《わな》のかけようはいくらでもある。

グレンダンにいた頃《ころ》のレイフォンにとって、これぐらいのことは自分が出向くレベルの危機ですらなかった。

だが、ツェルニにとっては汚染獣に襲《おそ》われるということは、常《つね》に最大級の危機だ。

人材という言葉は、人間が形成する集団《しゅうだん》の中では人間そのもの、その才能《さいのう》から命に至《いた》る全てが、他のものと同等に消費するものの一つでしかないことを冷たく示唆《しさ》している。もちろん、倫理《りんり》的に命の投げ捨てなどは滅多《めった》に起きることはなく、各種保障《ほしょう》によってそれがより長く有効《ゆうこう》に活用できるようなシステムができあがってはいる。

武芸者《ぶげいしゃ》という死に易《やす》い人材が都市上の生活では最大限《げん》に生活を保護《ほご》され、また多くの都市で武芸者を生み出す家系《かけい》が裕福《ゆうふく》であるのにはそういった理由がある。

しかし、消費されるという運命に変わりはない。

学園都市とはその人材を育成する場所だ。決して消費されるためにあるわけではない。

だから、学生が死んでしまうという状況《じょうきょう》は最大限、回避《かいひ》しなければならない。

だからこその、最大級の危機だ。

そして、そんな言葉で飾《かざ》る必要もなく、どの都市にとってみても今のツェルニを襲っている状況は最大級の危機と呼《よ》べるだろう。

（ご苦労様です）

フェリの淡々《たんたん》とした声が耳に届《とど》く。

「次の反応はどうです？」

（このまま直進で一週間ほどの距離《きょり》に反応があります。探査機《たんさき》に運ばせた端子《たんし》を中継《ちゅうけい》しての情報《じょうほう》ですので、念威《ねんい》濃度《のうど》不足による情報精度《せいど》の問題がありますが、三日ほど距離を縮《ちぢ》め

れば詳細《しょうさい》な情報は手に入れられるでしょう)

「わかりました。一度、補給《ほきゅう》と整備《せいび》に戻《もど》ります」

(ええ、ゆっくり休んでください)

そう言ってくれるフェリの声にも疲労《ひろう》が濃《こ》く漂《ただよ》っている。

次……そんなものが控《ひか》えている今の状況、本来ならば汚染獣《おせんじゅう》を回避する行動を取るはずの自律型移動都市《レギオス》が、汚染獣に向かって突進《とっしん》するという暴挙《ぼうきょ》を行っているという今の状況に勝《まさ》る危機が、他の都市にあるだろうか?

(僕《ぼく》が、言ったからだ)

ランドローラーをツェルニに向かって走らせながら、レイフォンは胸《むね》の奥《おく》でその言葉を呟《つぶや》いた。口に出せばフェリに聞かれ、「そうではない」と言われてしまう。だから、声には出さない。

最初、カリアンに都市の暴走の話を聞いた時、電子精霊《せいれい》のツェルニと仲良くしているニーナにならなんとかできるのではないかと思った。ここに来てもうかなり馴染《なじ》んだが、電子精霊と仲良くできる、いや電子精霊に懐《なつ》かれる人物には出会っていない。グレンダンでは電子精霊自体を見たことがなかった。ツェルニが特別に人懐っこいのかとも思ったが、ニーナ以外の人間と仲良くしている姿《すがた》を見たことはないから、それは違《ちが》うのだろう。レイフォンだって、ニーナを介《かい》してしかツェルニと接触《せっしょく》できない。

それはニーナの人徳《じんとく》なのか、それともニーナにしかないなにか特殊《とくしゅ》な才能のようなものなのか。その境界線《きょうかい》はあいまいだと感じたが、電子精霊に対して直接的な接触ができる人物はニーナをおいて他に思い浮《う》かべることができなかった。

だからこそ、ニーナならなんとかできると思った。

なんと、薄弱《はくじゃく》な理由だろう。

同時にやろうなんて考えなければよかったのだ。汚染獣を倒《たお》し、とりあえずの危機を脱《だっ》した後で対策《たいさく》を講《こう》じればよかったのだ。学生はたくさんいる。レイフォンよりも頭のいい人間なんてそれこそ腐《くさ》るほどいる。

彼らが考えれば、より良い結果となったのではないのか……？

(僕にできることは汚染獣と戦うことぐらいしかないはずなのに……)

武芸に関してなら、どれだけ他人に傲慢《ごうまん》だと言われようとも、それがどうしたと言える自分がいる。それはレイフォンの今までの人生を武芸者としての実力を高めるために捧《ささ》げてきたからだ。強さこそが全《すべ》ての武芸者の世界では、強いということそれ自体が説得力となる。

汚染獣との戦いであれば実力、経験《けいけん》でレイフォンの上をいく者がツェルニにはいないと断言《だんげん》できる。

だけれど、都市の暴走なんて問題は武芸とはなんの関係もない。そんなことを経験したこともなければ、想像《そうぞう》したことさえもない。

それなのに、解決《かいけつ》するにはニーナに頼《たよ》るしかないと決め付け、誰の意見を聞くこともなくそうするように仕向けてしまった。

(これが、本当の傲慢だよ)

都市の問題を自分一人で解決しようなんて考えは捨《す》てようと思った。だからこそ、シャーニッドたちに傭兵団《ようへいだん》の戦いを見てもらったというのに……まだまだ自分は驕《おご》っていたのだと気付かされた。

「先輩《せんぱい》は……見つかりましたか?」

(…………)

レイフォンの問いかけに、フェリからの答えはない。

重いものをずっと飲み込《こ》んでいる気分で、レイフォンはランドローラーのアクセルを握《にぎ》り締《し》めた。

†

久《ひさ》しぶりの広い空間で思い切り伸《の》びをしていると……

ドタドタという足音が廊下《ろうか》で響《ひび》き、激《はげ》しい音とともにドアが開けられた。

「動くなっ！」

「へっ？」

鎮圧銃《ちんあつじゅう》の黒い銃口を向けられて、リーリンはいきなりのことにまともな対応《たいおう》ができず、そんな言葉を漏《も》らすしかなかった。

「都市警察《けいさつ》機動部隊だ、動くな」

戦闘衣《せんとうい》を着込んだ、一般人《いっぱんじん》らしきリーリンと同年代の少年たち。その一人が硬《かた》い声で告げてくる。

伸びをした格好《かっこう》のままのリーリンは、そのまま腕《うで》を上げていることを強制《きょうせい》させられてしまった。

「悪いが、ロビーに移動《いどう》してもらう」

どうやら隊長らしいその少年は、一人をこの部屋に残すと部下を連れて出て行った。廊下ではいまだに騒々《そうぞう》しい革靴《かわぐつ》の足音が響き、悲鳴やら怒声《どせい》やらが響いている。

よく聞こえてくるのは、都市警察機動部隊という名前。それが出れば、怒声も悲鳴も鳴りを潜《ひそ》めた。

リーリンも逆《さか》らうことなく残された一人に背中《せなか》を押《お》される形で廊下に出た。ドアを潜《くぐ》れば、さらに騒々しさが耳に付くようになる。宿屋全体がこの混乱《こんらん》の渦《うず》に飲み込まれているようだった。

ここは、放浪《ほうろう》バス停留所《ていりゅうじょ》と同じ区画にある来訪者宿泊施設《らいほうしゃしゅくはくしせつ》の一つ。

「やあ、さっそくおかしなことに巻《ま》き込まれましたね」

にこやかに話しかけられてリーリンはそちらを見た。長い銀髪《ぎんぱつ》を後ろで緩《ゆる》くまとめた、物腰《ものごし》の柔《やわ》らかそうな美青年が、やはりリーリンと同い年くらいの少年に銃口を押し付けられて歩いている。

ただ、この青年は後ろのことなどまるで気にしている様子はない。

「まぁ、ここはあの運転手の言うことに従《したが》って大人しくしていることにしましょう」

背中を無言の威圧《いあつ》に押されて返事をする余裕《よゆう》もないリーリンに比《くら》べて、青年、サヴァリスは暢気《のんき》なものだ。

「そう、ですね」

なんとか、そう返す。

放浪バスの運転手は気さくで話好きな人物だった。あるいは都市外という保護《ほご》のない場所を行く圧迫《あっぱく》が彼を饒舌《じょうぜつ》にしていたのかもしれない。が、とにかく親切な人物ではあった。

彼は、ことあるごとにこう言っていた。

「いいかい、旦那《だんな》さん、奥《おく》さん、お坊《ぼっ》ちゃん、お嬢《じょう》さん……乗客の皆《みな》さん方。もしかしたら、もしかしなくてもこの中には生まれた都市の外に出るのが初めてだって人がいるだろうが、そんなあんた方が他所《よそ》の都市でやってくのにどうしても守らなくちゃいけないことがある。それは、他所の都市の政府《せいふ》には、たとえ不条理《ふじょうり》だと感じようが逆らっちゃだめだってことだ。当たり前だって？　確《たし》かにそうだ。お上に逆らっちゃいけないよ。だけどね、他所の都市には自分たちがびっくりするような法律《ほうりつ》だとか、習慣《しゅうかん》だとか、取り決めだとかがあったりするもんだ。それはその都市がおかしいって話じゃない。もしかしたらお客さん方の都市の方がおかしいのかもしれない。そんなことは誰にもわからない。だけど、その都市ではお客さん方がおかしいって思われるんだ。なぜなら、それでその都市はうまく動いている。その事実を無視《むし》しちゃいけないってことさ。わかるかい？　わからなくても、わかってもらわなくちゃならないんだ。そう、これがまず、最初の不条理って奴《やつ》さ」

……とにかく、よく喋《しゃべ》る人だった。

そんな運転手から解放されたのが今朝のこと。停留所を降《お》りて最寄《もよ》りの役所で列に並《なら》んで滞在許可《たいざいきょか》をもらい、指定の宿、つまりはさきほどリーリンが伸びをしていた部屋に辿《たど》り着いた時には昼食の時間になっていた。

宿の人たちが都市警察《けいさつ》機動部隊の名前で大人しくなったのには、運転手の言葉を全員が覚えていたからだろう。

運転手はこうも言っていた。

「お上を怒《おこ》らせちゃいけないよ。都市の外から来た犯罪者《はんざいしゃ》は拘置所《こうちしょ》になんて滅多《めった》に入れられない。なぜかって？　めんどうだからさ。余所者《よそもの》はあくまで余所者、同じ場所に長く置いておいたって得することなんてなにもないからさ。放浪バスが来ていたら拘束衣《こうそく》でがんじがらめにされて罪科印を押されてポイだ。だけどさ、あんまりひどい犯罪者はおれたち運転手だってお断《ことわ》りさ。こっちも乗客の皆さん方を守らないといけないからね。それに、もしおれたちが断ったり、放浪バスがすぐに来ないなんてことになっていたら都市外強制退去《たいきょ》……つまりは問答無用に都市の外にポイ……さ」

都市を守るエア・フィルターの外、汚染物質《おせんぶっしつ》の荒《あ》れ狂《くる》う世界に生身で放り出されれば、人はもう死ぬしかやることがない。それは都市外強制退去という名前でごまかされた死刑《しけい》なのだ。

（こんなところで死んでたまるもんですか）

運転手の長ったらしい話を思い出して、リーリンは体を震《ふる》わせた。

廊下を抜《ぬ》け、エレベーターを使わせてもらえなかったので階段《かいだん》を延々《えんえん》と下り、滞在許可書を提出《ていしゅつ》したフロントのあるロビーに出る。

そこにはすでに何人もの宿泊者がいた。知らない顔もたくさんある。きっと、リーリンたちが乗ってきた以前の放浪バスでやってきたのだろう。目的地に、あるいはそれにより近い都市に向かう放浪バスがやってくるまで辛抱《しんぼう》強くその場所で過《す》ごし、時には以前に訪《おとず》れた都市に戻《もど》ることもやむなしとするのが旅人たちだ。

(そう……)

この後訪れる放浪バスに乗ることができれば、ツェルニに辿り着くことができる。

レイフォンの、幼馴染《おさななじみ》のいる学園都市に。

だからこそ、

(こんなところで、足止めなんてされてたまるもんですか)

強く強く、リーリンは心に誓《ちか》って、ロビーに集《つど》う人の群《む》れの中に交《ま》ざった。


この都市の名前はマイアスという。

ロビーに集められたリーリンたち宿泊客は武装《ぶそう》した都市警察に囲まれながら、事態《じたい》を黙《だま》って見守っていた。

リーリンもそれは変わらない。ロビーに集められた大勢《おおぜい》の宿泊客の中に紛《まぎ》れて都市警察を名乗る少年たちを観察した。

都市警察とプリントされた上着を着込んだ彼らは、どれもリーリンと同年か、少し上程《てい》度《ど》にしか見えない。

「本当に若者《わかもの》たちだけで運営《うんえい》してるんですね」

隣《となり》に立つサヴァリスがどこか呆《あき》れた様子でそう呟《つぶや》く。

「学園都市というのは奇妙《きみょう》なところだね。熟練者不在《じゅくれんしゃふざい》で、よく都市運営がなりたっているものだと思いますよ」

そう、ここは学園都市マイアス。

レイフォンのいるツェルニと同じく、学生たちのみによって運営された特殊《とくしゅ》な都市だ。

「武芸者のレベルも低いですし、学園都市が汚染獣《おせんじゅう》に襲撃《しゅうげき》される危険性《きけんせい》が低いという噂《うわさ》は本当なのでしょうね」

リーリンにはわからないが、都市警察の服を着ている少年たちの中には武芸者も交じっているらしい。

それは、どういうことなのか。都市警察として、マイアスでは普《ふ》通《つう》の対応《たいおう》なのか、それとも武芸者がいなくては対処《たいしょ》できないような事件《じけん》が起きているということなのか……

グレンダンに当てはめて考えれば……だめだ。リーリンは小さく頭を振《ふ》った。グレンダンの都市警察がどういうことをするかなんて、関《かか》わったことのないリーリンにはわからない。

「それにしても、これは一体なんなのか……そろそろ状況説明を願いたいところですが」

サヴァリスがそう言っていると、さきほどリーリンの部屋にやってきた隊長らしい少年が声を上げた。

ヘルメットを取って、素顔《すがお》を晒《さら》す。

「宿泊客の皆《みな》さん、こちらの指示《しじ》に黙って従《したが》ってくださったことにまず感謝《かんしゃ》いたします」

よく通る声だった。整った面立《おもだ》ちは、彼が裕福《ゆうふく》な家で育ったのだろうことをうかがわせる。だが、そんな彼の目にも今は厳《きび》しいものが宿っている。

「現在《げんざい》マイアスでは、盗難《とうなん》された重要情報《じょうほう》を奪還《だっかん》するために厳戒態勢《げんかいたいせい》がしかれています。宿泊客の皆さんには、それぞれに事情聴取《ちょうしゅ》をさせていただいた上で荷物の検査《けんさ》をさせていただきます」

丁寧《ていねい》さを保《たも》とうとしているが、有無《うむ》を言わせぬ硬《かた》さがあった。

「手荷物のチェックは事情聴取と同時にやらせていただきます。部屋に置かれているものに関しては、これからやらせていただきますのでご了承《りょうしょう》を」

その瞬間《しゅんかん》にいくつかの場所で悲鳴のような声が上がったが、彼が視線《しせん》を巡《めぐ》らせるとそれはすぐに静まった。

「重要情報ですか……なるほどなるほど」

「重要情報？　それにしても……」

サヴァリスが頷《うなず》く横でリーリンはもう一度、都市警察の少年たちを見回した。情報の重要さというものをリーリンは学校の授業《じゅぎょう》で十分に教えられた。だから、都市警察が盗《ぬす》まれた情報を取り戻すために強硬《きょうこう》な態度を取るということは納得《なっとく》できる部分だ。

「どうかした？」

「それにしてもあの人たち、すごく緊張《きんちょう》しているように見えるんですけど」

「ふむ？」

リーリンの言葉にサヴァリスも都市警察の人たちの顔を眺《なが》め回した。ヘルメットと一体となった遮光《しゃこう》ゴーグルに覆《おお》われた少年たちの顔の変化はわかりにくい。だが、その口元がときおり引きつるように震《ふる》え、あるいは落ち着きのない様子で頭を動かしているのはわかる。

それだけではない。サヴァリスのようにどんな危険《きけん》でも眠《ねむ》りながら対処《たいしょ》できそうな突《つ》き抜《ぬ》けた実力者は逆《ぎゃく》に鈍感《どんかん》になるのかもしれないが、宿泊《しゅくはく》客を囲む少年たちの輪には必要以上の緊張感があり、それがリーリンたちを締《し》め付けるように充満《じゅうまん》していた。

「なるほど、そうかもしれないね」

「なんでしょう……？」

「まぁ、それがわかったからってどうなるものでもないと思うけどね」

サヴァリスは気楽にそう呟く。好奇心《こうきしん》に水を差されたリーリンは少し不満を感じながらも事情聴取が始まって順番待ちをする人たちの列に交《ま》ざった。

長い時間、待たされた。

宿泊施設《しせつ》は他にもある。そこもここと同じようなことになっているのだとしたら、人員不足となっていることだろう。手際《てぎわ》の悪さの理由を想像《そうぞう》しながら時間を潰《つぶ》していると、ようやくリーリンに順番が回ってきた。

ロビーにある喫茶室《きっさ》が急遽《きゅうきょ》、事情聴取の場所となっていた。並《なら》んでいたテーブルは撤去《てっきょ》され、五つだけ残されている。リーリンは左端《はし》のテーブルに案内された。

そこには、あの隊長らしい少年がいた。

「はじめまして、僕《ぼく》はマイアス都市警察強行機動部隊、第一隊隊長のロイ・エントリオです」

「リーリン・マーフェスです」

促《うなが》されるままにイスに座《すわ》る。隊員らしき他の少年が部屋に残していたリーリンの荷物とともに書類を一枚《まい》持ってきた。

「ふむ……」

それをざっと読み、ロイはリーリンを見る。

「これから、いくつか質問《しつもん》させてもらいます。面倒《めんどう》なことに巻《ま》き込《こ》まれたと思っているでしょうが、諦《あきら》めて付き合ってください」

「はぁ」

さきほどの演説《えんぜつ》の時に比《くら》べれば口調は優《やさ》しくなっているものの、事務《じむ》的で断定《だんてい》的なところは変わらない。もしかしたら、これは彼自身の持ち味なのかもしれない。

「出身は？　一応《いちおう》、住所もお願いします」

「グレンダンです。住所は……」

住所までと言われて、リーリンは内心で首を傾《かし》げながらそれを言った。マイアスにいるというのに、グレンダンの住所を言ってなんの意味があるのか。

「十分です」

手渡《てわた》された書類に目を通して頷くロイを見て、リーリンははっとした。

（あ、そうか。本人確認《かくにん》だ）

荷物の中にはグレンダンでのリーリンの身分を証明《しょうめい》する物も入っている。荷物の検査をしたということは、それも見られたということだ。

（う、ということは下着も？）

ふとその事実に気付き、リーリンは愕然《がくぜん》とした。放浪《ほうろう》バスには人ひとりが十分に眠れるスペースが確保《かくほ》されている。しかし、やはり乗り物は乗り物だ。完璧《かんぺき》な居住条件《きょじゅうじょうけん》が備《そな》わっているわけではない。

リーリンが一番難儀《なんぎ》に感じたのは洗濯《せんたく》できないということだった。放浪《ほうろう》バスの中では水は一番の貴重品《きちょうひん》だ。簡易《かんい》型のシャワーがあるが、その水はエンジンの冷却《れいきゃく》水を使用したものので、湯温もエンジンの熱を利用したものだから快適《かいてき》とはいえなかった。

それでも、あるだけマシだ。

だが体は洗《あら》えるが、服を洗うなんて余裕《よゆう》があるはずがない。また、毎日使えるというものでもない。乗客たちと順番を決めて使うのだ。

服についた臭《にお》いは……嫌《いや》だが仕方がないものと思える。他の乗客たちもそうなのだから。

下着も……まぁ我慢《がまん》しよう。

だがそれは、放浪バスの中にいたからこその話だ。

使用後の下着は専用《せんよう》の袋《ふくろ》に密封《みっぷう》して臭いが外に出ないようにしていたとはいえ、検査《けんさ》なのだからそれを開けられたという可能性《かのうせい》もある。

（うう……）

「どうかしましたか？」

「……いいえ」

目の前のロイはここでずっと事情聴取していたのだからそんなことをする暇《ひま》はなかっただろうが、他の誰《だれ》か、例えばさっきここに荷物を持ってきた隊員がそれをしたのではと考えると、とんでもなく恥《は》ずかしく、恨《うら》めしかった。

「では、次の質問です」

リーリンに辿《たど》り着くまでに何人もの宿泊《しゆくはく》客を相手にしたロイはやや疲《つか》れた様子でリーリンのそんな態度《たいど》を流し、事務的に質問を続けていった。

正直、どうでもいいような質問ばかりされていた気がするけれど、微《び》に入り細を穿《うが》つような質問の数に、リーリンはいつしか疲れきってしまっていた。

「ご苦労様です」

ロイがそう呟《つぶや》いた時、これで終わったのだと心底ほっとした。

「これで、とりあえずみなさんにお聞きしている質問は終わりました。最後に……あなたには一つ質問が加えられています」

「え？」

言うと、ロイはおもむろにリーリンの荷物に手を入れると、それを取り出した。

「あ……」

壊《こわ》れないように何重にも布《ぬの》にくるんで荷物の奥《おく》に入れておいたはずのそれがロイの手につかまれ、テーブルの上に置かれる。布はすでに一度、解《と》かれてしまっていたようで乱暴《らんぼう》な包み方になっていた。

養父であるデルクに渡《わた》された木の箱だ。

ロイは布を丁寧《ていねい》に開くと、木箱の蓋《ふた》を開けた。

中身は錬金鋼《ダイト》だ。

「これは、あなたのものですか？」

「……一応は」

どう答えていいものか……一瞬《いっしゅん》悩《なや》んで、リーリンはそう答えた。

「一応、というのは？」

ロイの目が鋭《するど》く光った。

その視線《しせん》に飲まれているうちに、ロイはわざとらしい仕草で書類に目を向ける。

「あなたは一般人《いっぱん》という登録で放浪バスに乗り、ここにやってきた。そんなあなたがどうして錬金鋼《ダイト》を所持しているのですか？」

虚偽報告《きょぎほうこく》して武芸者《ぶげいしゃ》が密入《みつにゅう》しているると思われているのか。リーリンは萎縮《いしゅく》した気持ちを落ち着かせると改めてロイの瞳《ひとみ》を見つめた。

「……預《あず》けられたもので、これを届《とど》けるためにわたしは都市を出ました」

「なるほど。届け先は？」

「ツェルニです」

「ここと同じ学園都市ですか。あいにく、うちとの交戦記録は長い間止まっていますから、現在《げんざい》のツェルニのことはよくわかりませんが。どなたに？」

「どなた……って」

「あなたとはどのような関係にあるのですか？」

「それは……」

関係と言われ、リーリンはどう言っていいものか悩んだ。兄弟、というのは別に間違《まちが》った言い方ではないと思う。同じ施設《しせつ》で育ったのだし、それでもかまわないはずだ。だが、養父であり、当時の施設の長だったデルクは、親のわからないリーリンたちを自分の養子にするでもなく、別々の姓《せい》を与《あた》えて戸籍《こせき》登録した。

だから、戸籍的には兄弟ではない。

（幼馴染《おさななじみ》？）

それが一番、妥当《だとう》なのだろうか？

「どうしました？」

「……幼馴染です」

「……ただの幼馴染のために、放浪《ほうろう》バスに乗って危険《きけん》な旅を？」

「それは、あなたには関係のないことです」

「失礼しました」

ピシャリと撥《は》ね除《の》けると、ロイは鼻白んで謝罪《しゃざい》した。

突《つ》っ込まれたくないところを突っ込まれたことに腹《はら》を立てつつも、リーリンは初めてロイの事務的《じむ》な表情《ひょうじょう》を崩《くず》したことに、してやったりの気分になった。

空調をどれだけ使っても回避《かいひ》できない汗臭《あせくさ》い放浪バスの車内からようやく解放《かいほう》されて、一人の部屋でのんびりできると思ったところでこの騒動《そうどう》なのだ。のんびりと手足を伸《の》ばして風呂《ふろ》に入れると喜んでいたところで、ロビーに集められて荷物をあさられて洗濯《せんたく》していない下着を見られるという屈辱《くつじょく》を味わわされたのだ。

これぐらいの意趣《いしゅ》返しは許《ゆる》されてもいいと思う。

ただ、そんな微々たる満足感も、次の瞬間には見事に瓦解《がかい》してしまった。

「申し訳ありませんが、この錬金鋼《ダイト》はしばらく預からせていただきます」

表情を元に戻《もど》したロイの言葉に、リーリンはあっけに取られた後に悲鳴を上げた。

「どうして⁉」

「現在の状況《じょうきょう》は説明したと思います。あなたを犯人《はんにん》と疑《うたが》っているわけではありませんが、危険物と認定《にんてい》できるものは全《すべ》て、一時没収《ぼっしゅう》させていただいていますので」

「……ちゃんと返してもらえるんですか？」

「事件《じけん》が解決し、あなたの無罪《むざい》が確定《かくてい》すればすぐにでも」

それは結局、リーリンを犯人、そうでなくとも犯人候補《こうほ》ぐらいには考えているということだろうか？

失礼な！　とリーリンはロイを睨《にら》んだ。

「逮捕《たいほ》の目処《めど》は立っているんですか？」

「捜査情報《そうさじょうほう》については秘密《ひみつ》です」

涼《すず》しい顔でそう言うが、こんな群《むれ》に網《あみ》を投げるような捜査をしているということそのものが、捜査の進展《しんてん》具合を示《しめ》している気がする。

「冗談《じょうだん》じゃない！」

そう叫《さけ》ぼうとしたが、ぎりぎりのところでそれを抑《おさ》えた。じゃあ出て行くなんて言葉は使えない。放浪バスはいまマイアスにはないし、いたとしても目の前の都市警察《けいさつ》の連中が足止めしてくるだろう。

　奥歯を噛《か》み締《し》めてその言葉は飲み込む。

　飲み込んでも、苛立《いらだ》たしさまで飲み込めたわけではない。

「それで……これでわたしへの質問《しつもん》は終わりですか？」

「ええ、お疲《つか》れ様でした。自室に戻ってくださってけっこうです」

「そうですか……なら、一刻《いっこく》も早い犯人逮捕を願います。あなたたちにできるかどうか知りませんけれど！」

　精一杯《せいいっぱい》の嫌味《いやみ》を吐《は》いて、リーリンは立ち上がった。

　苛立ちながら自室へと人ごみを掻《か》き分けて進んでいると、やはり、元の疑問《ぎもん》が頭に浮《う》かんでくる。

　どうして、マイアスの人たちはこんなに焦《あせ》っているのだろうか、と……

# 02　胡蝶顕現《こちようけんげん》

飄然《ひようぜん》と見下ろす。

そこにあるのは見知らぬ街並《まちな》みだ。グレンダンにあるどこか無骨《ぶこつ》な雰囲気《ふんいき》は薄《うす》く、建物の一つ一つ、その並びを見ても伸びやかに、そして無秩序《むちつじよ》に広がっているような印象を受ける。

この都市に住む人間そのものをあらわしているかのようにも見える。

まだ、何者にもなりきれていない半端者《はんぱもの》たちの集まり、だが、それだけに何者かになりうる可能性《かのうせい》を捨《す》てきれない者たちの集まり。

学園都市。

およそ武芸者《ぶげいしや》に関しては、生まれた都市が外に出ることを許すような二流三流の才能の持ち主ばかりだが、そこから化けないという保証《ほしよう》はない。

「なかなか、新鮮《しんせん》なものですね。まぁ、当たり前なんですけれど」

見慣《みな》れない街並みにそう呟《つぶや》き、サヴァリスは自分の立っている場所を改めて確認した。

自分たちが泊《と》まっている宿泊施設《しゆくはくしせつ》、その屋上だ。建物自体はそれほど高くはない。むしろ宿泊施設が建ち並《なら》ぶこの区画にある建物は皆《みな》、総《そう》じてこの都市の中では低い方に位置している。

実際《じっさい》には都市中央部の建物たちから見下ろされているのだが、そんなことをこの青年は気にしない。

「そういえば、うちの弟も学園都市にいるんでしたね」

サヴァリスの弟、ゴルネオ・ルッケンスはこれから向かうツェルニにいる。そのことを理由に女王にツェルニに向かう優位《ゆうい》性を説いたというのに、放浪バスに乗っている間はそのことをすっかり忘《わす》れていた。

「あの甘《あま》えん坊《ぼう》も無事に育っていればいいのですけどね。まさかホームシックになんてかかっていないでしょうね」

そう呟いたが、表情には心配している様子はない。天剣授受者《てんけんじゅじゅしゃ》となった時から、弟のことを考えるのを放棄《ほうき》して自らの強さのみを追求《ついきゅう》し続けているのだ。兄であろうとも、自分には心配する権利《けんり》はなかろう。淡々《たんたん》とした気持ちに偽《いつわ》りはない。

弟のことを考えるのをやめて、サヴァリスはぐるりとマイアスの街並みを見回した。

「グレンダンの外というのは驚《おどろ》くぐらいに平和だと聞いたけれど、そうでもないようだ」

そこには街並みに相応《ふさわ》しい空気はなかった。どこかギスギスとしていて、静かな中にいつ爆発《ばくはつ》してもおかしくない緊張感《きんちょうかん》が潜在《せんざい》している。

この都市のことでもあり、そして目的地のツェルニのことでもある。

サヴァリスは天剣授受者、グレンダンで最大十二人にのみ与《あた》えられる最高位の武芸者の称号《しょうごう》を持つ者だ。本来なら、守護《しゅご》すべきグレンダンから外に出るなどということはあるはずがない。

だが、サヴァリスは女王アルシェイラ・アルモニスからツェルニにいる廃貴族《はいきぞく》を持ち帰るように命じられ、こうして別の都市にいる。

廃貴族がツェルニにいる。その報告《ほうこく》を女王にもたらしたのは、はるか昔にグレンダンから旅立ったサリンバン教導傭兵団《きょうどうようへいだん》。

そして、サヴァリスにもたらしたのは、弟のゴルネオだ。

「己《おのれ》の大地を失った電子精霊《せいれい》の狂気《きょうき》。それが武芸者を超常的《ちょうじょうてき》にまで強くする」

興味《きょうみ》がある。女王に言った言葉に嘘《うそ》はない。

彼の興味は、ただ強さだけだ。

武芸者として、天剣授受者としてその考え方は正しいのだが、サヴァリスの場合は行き過《す》ぎている部分がある。

彼はグレンダンを守るということを使命感としていない。汚染獣《おせんじゅう》に襲《おそ》われれば、そして戦争ともなれば全力をもって戦うが、それは鍛錬《たんれん》によって高めた力と技《わざ》を実戦で試《ため》している に過ぎない。試行し、修正《しゅうせい》し、研磨《けんま》する。そうやって戦いを繰《く》り返して研《と》ぎ澄《す》ませた末の強さにしか興味がない。

廃貴族という存在《そんざい》、その力は磨《みが》き上げるという意味ではサヴァリスの好みからは外れている。本来ならそんな力があったとしても、気にもしないだろう。

だが、グレンダンの力の順列という現実《げんじつ》は、サヴァリスにそれを無視《むし》させない。

「だけどまぁ、試してみたいよね」

あの力が、本当に借り物でしかないのか……

「楽しくなりそうだよ、本当に……」

サヴァリスはいずれ来る時を思って肩を震《ふる》わせた。

だが、その前に片付《かたづ》けなければならない問題もある。

「困《こま》ったね」

現在、サヴァリスたちはマイアスの都市警察《けいさつ》によって宿泊施設からの出入りを禁《きん》じられていた。本来ならここにいることさえ違反《いはん》なのだが、宿泊客の一人一人を監視《かんし》するほどに人員が余《あま》っているわけでもなく、要所に監視を置く程度《ていど》ならサヴァリスにとってはないも同然だった。

だが、さすがに監視の目をごまかしてのんきに観光をする雰囲気《ふんいき》でもなさそうだ。

リーリンには鈍感《どんかん》だと思われた節がある。確《たし》かに、都市警察の少年たちの落ち着きのなさは見逃《みのが》していた。

いや、見る気もなかった。

彼らは結局、危険《きけん》な状況《じょうきょう》であると認識《にんしき》した事実に怯《おび》えているに過ぎない。そんなものは気付くに値《あたい》しない。

不穏《ふおん》な空気は、もっと別なところからやってきている。

例えば……

サヴァリスは振《ふ》り返り、それを見た。

「困った。でも、なかなか面白《おもしろ》いことになりそうでもあるね……」

視線の先にあるのは巨大《きょだい》な、ここから見れば天を突く柱に見えなくもないほどに巨大な都市の足、その一本だ。

「あの音が消えているのをごまかすのは無理だよね」

身じろぎすらしない都市の足を眺《なが》め、サヴァリスは屋上から去った。

そろそろ、監視で残された都市警察が巡回《じゅんかい》に来る時間だ。

†

あれから二日が経《た》った。

リーリンの怒《いか》りは収《おさ》まるはずもなく、逆《ぎゃく》に状況がまるで進展《しんてん》する様子を見せないことに苛立《いらだ》ちが募《つの》っていく一方だった。

「もう、なんなのよ」

罪《つみ》のない枕《まくら》に八つ当たりをして、リーリンはため息を吐《つ》く。定められた朝食の時間に食堂に赴《おもむ》き、それが終われば昼食の時間までは部屋から出ることは許《ゆる》されない。その次は夕食までだ。息が詰《つ》まりそうな生活だが、異邦人《いほうじん》であり、緊急事態《きんきゅうじたい》である以上、我慢《がまん》しなければならない。

それでも腹《はら》の虫までは収まらない。

事情聴取《じじょうちょうしゅ》が終わった後は怒《おこ》りながら返してもらった荷物を確かめ、汚《よご》れた服を部屋の風《ふ》呂場《ろば》で洗《あら》って干《ほ》す。それで一日目はやり過ごすことができた。が、二日目からは本当にやることがなくなった。荷物に紛《まぎ》れ込《こ》ませた無聊《ぶりょう》を慰《なぐさ》めるための本は、放浪バスの中で端《はし》から端まで読み尽《つ》くしてしまっている。いまさらページを開く気にもなれなかった。開いたとしても頭の中に鍊金鋼《ダイト》を取り上げたロイの顔が浮《う》かんできて、文字を追う気にさせない。

完全に集中力を欠いてリーリンはなにをする気にもなれず、だからといって大量に時間が余っている現実からも逃れられない。ベッドに転がってうなるぐらいが精々《せいぜい》だった。

「はぁ……」

ため息だけはとめどない。

なんて不運……そう嘆《なげ》くぐらいしかやることがないのだ。だが、嘆いただけで物事が解《かい》決《けつ》した例《ためし》がないことは十分に理解している。食料がないのなら、なんとか種を手に入れて庭で畑をやるしかない。お金がないのなら、子供《こども》でもできる仕事を探《さが》すしかない。

そうやって孤児院《こじいん》ではやってきた。

「自分で取り返す？」

錬金鋼《ダイト》をだ。それさえなんとかすれば、とりあえず腹の虫は収まる。しかし、泥棒《どろぼう》したとなればそれを理由に捕《つか》まってしまうかもしれない。逆《ぎゃく》に余計《よけい》な疑《うたが》いを持たれることになりかねない。

「……無理」

なら、この事件《じけん》そのものを解決してしまえばいい。

即座《そくざ》にそう判断《はんだん》した。

まず、事件がどんなものなのかがわからない。重要情報《じょうほう》が盗《ぬす》まれたという話だけれど、その言葉をそのまま鵜呑《うの》みにしていいものかわからない。都市警察の少年たちの緊張《きんちょう》は、都市の権益《けんえき》に関《かか》わる情報を盗《ぬす》まれた……というには緊張の濃度《のうど》が濃《こ》すぎた気がする。

「なんだろう？　なにが盗まれたら、あんなになるのかしら？」

都市にとって、情報は重要だ。都市内部で生み出される様々な研究成果、あるいは発見、新開発されたもの……それらは都市をより効率《こうりつ》的に稼動《かどう》させるために欠かせないものだ。

また、自律型移動都市《レギオス》の性質《せいしつ》上、都市同士の交易《こうえき》に物資《ぶっし》を扱《あつか》うことは事実上不可能《ふかのう》だ。移動《いどう》に費《つい》やす時間が不透明《とうめい》だというだけではない。都市外の移動に大規模《きぼ》な輸送手段《ゆそうしゅだん》は使えない。使えば、集まった人々のにおいを嗅《か》ぎつけて汚染獣《おせんじゅう》がやってくる。

だからこそ、都市同士の交流には情報が用いられる。情報の代価《だいか》は希少金属《きんぞく》を使用した都市間通貨の場合もあるが、別の情報と交換《こうかん》するのが大半だ。

情報を商売とする者たちは元の都市に戻《もど》って都市通貨の利益に変えるのである。都市を、そして個人《こじん》を富《と》ませる意味で、情報は大切だ。

だが、あれほど少年たちを怯《おび》えさせる情報とはなんだろう？

「うーん……情報っていうのがそもそも嘘《うそ》かも」

情報以外となると、ではなにか……

「……兵器？」

危険《きけん》な兵器、例えば毒ガスとかのものとなればまた問題は変わってくる。そんなものを開発していたという情報が他所《よそ》の都市に流れれば、その都市は人間の手によって完膚《かんぷ》なきまでに滅《ほろ》ぼされてしまうだろう。少なくとも、グレンダンならそうする。法律《ほうりつ》として明文化されているのだ。

しかし、毒ガスなんて危険なものは一歩間違《まちが》えれば自分たちの都市を滅ぼしてしまいかねない危険なものだ。学園都市がそんなものを作るとは思えない。

「やっぱり、違うよね」

兵器なら、本体であっても情報であっても盗まれたのなら大変なことだが、学園都市でそんな事態が起きるというのがいまいちイメージとは合わない。映画《えいが》の影響《えいきょう》かもしれないが、こういうのは武芸者《ぶげいしゃ》の実力が不足している普通《ふつう》の都市とかが似合《にあ》いそうだ。

「あーもう、なんでもいいから早く解決《かいけつ》してよね」

そう呻《うめ》くと、リーリンは目を閉《と》じた。持て余《あま》した時間をやりすごすには眠《ねむ》るのが一番の方法だと思ったからだ。

それに、ここに来てからいきなりこんなことになったせいか、妙《みょう》に落ち着かなくてちゃんと眠れた気にならないのだ。

昼食の時間となり、リーリンは食堂に移動した。

「おや、顔色が冴《さ》えないですね」

先に来ていたサヴァリスに言われ、リーリンは顔を撫《な》でた。

「なんだか……眠った気がしなくて」

半端《はんぱ》に寝《ね》たのが悪かったのか、リーリンは頭の奥《おく》にどこかぼんやりとしたものを引きずりながら食堂にやってきた。

「それはいけないね。環境《かんきょう》が変わったせいかな？」

「どうなんでしょう？」

「まぁ、こんな時だから落ち着いて眠れないのかもしれないし」

そんなことを言うサヴァリスは体調を崩《くず》した様子もなく、取り放題《ビュッフェ》形式の昼食を楽しんでいる。彼の前に置かれた大皿には大量の料理が盛《も》り付けられていた。

「よくそんなに食べられますね」

簡単《かんたん》な料理とフルーツジュースだけで後は食べる気にもなれないリーリンとは正反対だ。

「体力だけは付けておいたほうがいいよ。見知らぬ土地で倒《たお》れても話にならないからね」

「それは、そうですけど……」

だからと言ってサヴァリスほどに食べる気にはなれない。……太るし。

しかし、いまのままでも少ないのは確《たし》かだ。運動量が少なくなっている分を考慮《こうりよ》しても少ない。リーリンはもう一皿増《ふ》やして、食事を済《す》ませた。

「それにしても、いつまで続くのかしら？」

食後のお茶を飲みながら、リーリンは食堂を見回した。今、食堂にいるのは宿泊客《しゆくはく》と都市警察《けいさつ》から派遣《はけん》された監視員《かんしいん》だけだ。宿泊施設《しせつ》の料理人たちはこの場に料理を並《なら》べると去っていった。なくなった料理の追加もされず、遅《おく》れてきた人たちは仕方なしに残っている物から選んでいる。残り物が少ないというのはリーリンの性格《せいかく》とあっているので、そこは別に悪くないのだけれど。

見れば、監視する都市警察の中にロイの姿《すがた》があった。彼の周りには常《つね》に誰《だれ》かが近寄《ちかよ》って話しかけ、それにロイが指示《しじ》を出しているように見える。

隊長と名乗っていたのだから当然なのだろうけれど、きびきびとした言葉を返している様子から頼《たよ》られている雰囲気《ふんいき》があった。

「犯人《はんにん》が捕《つか》まるまででしょうね」

「それがいつか、わたしは知りたいんですけど」

ロイから視線《しせん》を外し、わかっていて言っているサヴァリスを睨《にら》む。グレンダンではできないことだが、放浪《ほうろう》バスで長い間一緒《いっしょ》にいた分、遠慮《えんりょ》がなくなってきた。

「これでも一応《いちおう》、都市警察の仕事を手伝ったことがあるから、彼らの今の行動の理由がわかりますが」

そう言うと、サヴァリスは熱いお茶に息を吹《ふ》きかけ、少しだけ飲んだ。どうやら熱いものが苦手なようだ。

「情報《じょうほう》の盗難《とうなん》なんてものは、基本的《きほん》に都市の外から来た者しか行わない。都市内部の研究機関の組織的《そしき》な対立というのは滅多《めった》に起こらないしね。都市のためになる物を開発するのが彼らの最上位課題ですから。犯人はここにいる誰かで確定《かくてい》しているんですよ」

「それは、なんとなくわかりますけど……」

だからこうして、リーリンたち宿泊施設にいる人たちは見張《みは》られているのだ。

「しかし、おそらく……今回は事情が少し違《ちが》うと思いますよ。宿泊施設にいる人たちの荷物を総《そう》ざらいして見つからないということは、犯人は別にいるということだから」

「だったら……」

「あるいは、彼らが探《さが》しているものが情報、それが入っているデータチップでないのだとしたら、話は別になるけれど」

「え？」

「彼ら自身、盗《ぬす》まれたことはわかっているのだけれど、それが一体どんなものなのか、それがわからないから困《こま》っている。なんだかそんな感じが僕《ぼく》はしますね」

「なんなんです？」

「なんなんだろうねぇ」

悠然《ゆうぜん》と返され、リーリンはむっとした。自分だって錬金鋼《ダイト》を没収《ぼっしゅう》されているだろうに、まるで困った様子を見せていない。

「とにかく、さっさと捕まえて欲《ほ》しいです。これで次の放浪《ほうろう》バスを逃《のが》したりなんてしたら……」

それを考えるとぞっとする。次の次に来る放浪バスがツェルニに向かってくれるとは限《かぎ》らないのだ。

一人お茶を飲み干《ほ》すと、リーリンはテーブルを立った。飲む気はないがお茶のお代わりを取りに行くのだ。どうせ決められた食事の時間が過《す》ぎれば強制《きょうせい》的に部屋に戻《もど》されて、一人の時間を味わわされるのだ。それなら今のうちにでも広い空間と他の人の雰囲気を楽しんでおきたい。

と、リーリンは一人の少女に視線が止まった。

料理の並んだテーブルの前で立ち尽《つ》くしている。

（どうしたのかな？）

あちこちに視線を送る様子が戸惑《とまど》っているように見えた。

料理の取り方がわからないのだろうか？　リーリンは自然とその少女に近づいていった。年頃《としごろ》が近いというのもリーリンをそうさせた原因《げんいん》だろう。放浪バスに乗っていた人たちは年上ばかりで、年の近いものでもサヴァリスぐらいに離《はな》れていた。

「どうかしたの？」

話しかけると、その少女は驚《おどろ》いた様子でこちらを見た。

「あ、いや……」

男性的《だんせい》な少女だった。金色の髪《かみ》は短く、その下にある目鼻は驚くほどに整っている。

「取り皿ならあっちに並《なら》んでいるのを使うのよ」

「……そうか、すまない。ありがとう」

指差すと、少女はそちらに歩いていく。

「危《あぶ》なかったね、もう少ししたら食事時間が終わってたわよ」

「そうなのか？」

取り皿の隣《となり》に飲み物の類《たぐい》も置かれているため、リーリンもその後に付いていく。

「ありがとう、助かった。わたしはニーナ・アントーク。君は？」

「……え？」

「どうした？」

「あ、ううん。……まさかね。えと……リーリン・マーフェスよ。よろしくね」

名乗った瞬間《しゅんかん》、ニーナがおかしな顔をした。

「どうかした？」

「いや……まさかな……しかし、できすぎている。いや、それともこれは………」

「ん？」

「あ、すまない。こっちのことだ」

「そう？」

「ああ」

お互《たが》いに感じた変なものを笑いあって流す。

「良かったら、わたしの隣《となり》が空いているから来てね。話し相手が欲しかったの」

「ああ、そうさせてもらう」

笑《え》みとともに別れ、リーリンはテーブルに戻った。

テーブルに戻ると、サヴァリスが変な顔をしていた。

「なんです？」

訝《いぶか》しげな視線《しせん》を食堂に向けているかと思うと、リーリンを見た。

「リーリンさん、あの人はいつからあそこにいました？」

「え？」

振《ふ》り返り、サヴァリスの視線がニーナに向けられていることに気付く。

「さっき来たみたいな感じでしたよ」

「いえ、そういうことではなく」

口元に手を当てて、じっとニーナの背中《せなか》を見つめるサヴァリスは次にこう漏《も》らした。

「リーリンさんがあそこに立ったら現《あらわ》れたように、僕には見えたんですけど」

「寝《ね》ぼけてるんですか？」

思わず言ってしまったが、サヴァリスはそれを聞いていなかった。いつまでも真剣《しんけん》な瞳《ひとみ》でニーナを見つめる姿《すがた》に、逆《ぎゃく》に息を飲まれてしまう。

サヴァリスとリーリンの間でだけ空気が緊張《きんちょう》を孕《はら》み、急速に膨《ふく》らんでいく。次の瞬間には爆発《ばくはつ》してしまうんじゃないかと思ったところで、不意にサヴァリスはいつもの微笑《びしょう》を浮《う》かべているような表情《ひょうじょう》に戻った。

「ま、気のせいでしょう」

「……いい加減《かげん》にしてください」

一瞬、本当に戦いが起こるんじゃないかと思うほど緊張したのだ。

「僕も鬱憤《うっぷん》が溜《た》まってるんですよ。それじゃあ」

軽く笑うと、サヴァリスはテーブルを立って食堂を後にした。

「なんなのよ……」

呆《あき》れながら、落ち着くためにお茶を飲んでいるとニーナがやってきた。

「連れの人は帰ったようだが、良かったのか？」

ニーナがサヴァリスを気にしている様子を見せた。もしかしたらあの不躾《ぶしつけ》な視線に気付いていたのかもしれない。

「連れっていうわけじゃないけど、同じ都市から来た人なの」

そう説明すると、納得《なっとく》したようにリーリンの向かいに座《すわ》る。

「いきなりこんなことになって、退屈《たいくつ》してたの」

「こんなこと？」

ニーナがパンを千切る手を止めて首を捻《ひね》る。それからぐるりと食堂を見回し、

「ああ、あの連中のことか」

と呟《つぶや》いた。

「そう。厳戒態勢《げんかいたいせい》とか言われても困《こま》るのよね。ここには乗り換《か》えのために来ただけなんだから」

「都市に問題が起きたのなら、仕方がない。それは当然の対応《たいおう》だ」

ニーナの冷たい反応《はんのう》に、リーリンは不満を感じた。

「だが、迷惑《めいわく》なのも事実だ。目的地は待ってはくれないからな」

すぐにそう付け加えてきた。

(もしかして、ちょっとからかわれた？)

そうも思ったが、ニーナが表情を柔《やわ》らかく崩《くず》したことで許《ゆる》せた。

「もしかして、ニーナは武芸者《ぶげいしゃ》？」

その硬《かた》い物言いは武芸者を思わせる。

「ああ、そうだ」

「やっぱり。そうじゃないかなって思ったんだ」

雰囲気《ふんいき》にどこか、デルクの道場に通う武芸者たちと似《に》ている部分があるのだ。なにより、女性《じょせい》ながらにこんな硬い口調で喋《しゃべ》るのは武芸者ぐらいのものではないだろうか。

そう言うとニーナがきょとんとした顔でリーリンを見た。

「わたしは、そんなに偉《えら》そうな喋り方をしているかな？」

「偉そうかどうかはわからないけど、武芸者っぽい喋り方よ」

「むう……」

自覚してなかったらしい。

「確《たし》かに、あの連中の中ではわたしが一番武芸者らしい武芸者かもしれないな」

そんなことを呟いてから顔を上げた。

「そういえば、さっきの人も武芸者のように見えたが？」

「ええ、そうよ。変な人だけど、とても強いの」

おそらくは、この都市にいる誰よりも強い。

「あの人は武芸者っぽくないかな？」

どことなく軽薄《けいはく》だし……そう思っているとリーリンは首を振《ふ》った。

「いや、本当に強い武芸者はそんな風には見せないようだ。わたしも一人知っている。普《ふ》段《だん》はとても頼《たよ》りない奴《やつ》なのに、いざとなれば誰よりも頼りになるんだ」

そう語ったニーナの瞳が優《やさ》しい形を作る。

「ふうん……」

（その人のこと、好きなのかな？）

そう思った。語った口調がその人物を慈《いっく》しんでいるように感じられたのだ。

「……ところで」

食事を終えたところで、ニーナが改まった声でリーリンを見た。

「この都市は、どういう状況《じょうきょう》にあるんだ？」

「え？」

いきなりの基本的《きほんてき》な質問《しつもん》にリーリンは面食らった。

「……なにを言ってるの？」

尋《たず》ねると、ニーナは頭痛《ずつう》でもあるかのように額《ひたい》に指を当て、唸《うな》るように喋った。

「この都市が危険《きけん》な状況にあるのはわかっているんだ。そのためにわたしはここにいる。ここでわたしが何かをしなければならないのは確かなんだ。夢《ゆめ》の中に突然《とつぜん》放り込《こ》まれたような気分なんだが、あるだろう？　前後の事情《じじょう》もわからないのに、自分はこうしなければいけないと思っている夢が」

「え、ええ？」

確かにそういう夢は見たことがある。

「お客さんが来るからって百個《こ》のパイを作らなくちゃいけない夢なら見たことはあるわ。わたしの部屋にはそんなに人が入らないのに……」

上級学校に進学し、寮《りょう》に移《うつ》り住んですぐの頃《ころ》のことだ。大量の家事から解放《かいほう》された反動かもしれないと、その時は思ったけれど……

「わたしは、いまがその夢の中なんだと思っていた」

ニーナのその言葉はリーリンには理解《りかい》できない。

「だが、リーリン。君がわたしをこの場所に確定《かくてい》させた。確かに定めさせたんだ。その瞬《しゅん》間《かん》から、わたしには使命が発生した。……なるほど、あの人はこのようにしてわたしの前に現《あらわ》れたのか」

『リーリンさんがあそこに立ったら現れたように、僕には見えたんですけど』

サヴァリスが去り際《ぎわ》に言った言葉が脳裏《のうり》に蘇《よみがえ》った。

「ねぇ、なにを言っているの？」

まさかと思った。そんなことがあるはずがない。

人が、ある瞬間から突然に現れるなんて、そんなことがあるはずがない。

「突然のことに戸惑《とまど》っていると思う。だけど、あの人と同じやり方を辿《たど》ることになるのなら、わたしは君によってこの場に確定し、そして君によって戦場へと導《みちび》かれるはずだ」

「いや、だから……」

「あ、ああ……そうか、そうだな。それなら、わたしはこの都市の事情を知る必要はないのか。ふう。まったく、とんだことに巻《ま》き込まれたな」

巻き込まれたのはわたしの方だと思う……

ため息を零《こぼ》すニーナにそう言ってやりたかったが、リーリンは黙《だま》っておくことにした。

ていうか逃《に》げたかった。

同性の話し相手が欲《ほ》しくて声をかけたというのに、それがこんな変な人だとは……

その時、食堂に電子音が響《ひび》き渡《わた》った。

食事時間の終わりを告げる音だ。

「あ、じゃあ。わたしは行くね」

リーリンはそそくさと立ち上がる。ニーナは軽く頷《うなず》いたきり、そこから動こうとはしなかった。

「だが、あの人はわたしが赴《おもむ》くべき場所を知っていた。ということは、わたしにもまだ知るべき情報《じょうほう》があるということだろうか……？」

そんなことを呟《つぶや》いている。リーリンは移動《いどう》する人の波に入り込んでニーナの視界《しかい》から自分を消した。

食堂から出る瞬間、リーリンは振《ふ》り返ってもう一度ニーナを見た。

テーブルにはすでにニーナの姿《すがた》はなく、彼女の使っていた大皿が片付《かたづ》けられもせずに残っていた。

†

ツェルニの暴走《ぼうそう》は止まらない。

それはつまり、レイフォンと汚染獣《おせんじゅう》の攻防戦《こうぼう》が止まらないことを示《しめ》していた。

都市の外には、レイフォンが考えているよりもはるかに多くの汚染獣がいるようだ。あるいは、ツェルニが汚染獣の群《むれ》を探《さが》し出して突進《とっしん》しているのか？

あるいは、汚染獣の群生地《ぐんせいち》へと迷《まよ》い込んでしまったのか？

「事情はどうあれ、ツェルニがいまだかつてない危機にあるというのは、覆《くつがえ》せない事実だ」

生徒会会議を終え、会長室に戻《もど》ったカリアンは呟く。

「会議、あれで良かったのか？」

「言わないままに黙《だま》っておくのはそろそろ限界《げんかい》だよ。改善《かいぜん》されなかったのだからね」

来客用のソファに座《すわ》った武芸長《ぶげい》のヴァンゼにそう答える。

「しかし、どうやって改善する？　問題が本当に機関部の中枢《ちゅうすう》にあるのだとしたら、我々《われわれ》ではどうしようもないぞ」

「そうだね……」

カリアンは両手を組んで考えに浸《ひた》る。

ツェルニの暴走。その原因《げんいん》が都市の意思である電子精霊《せいれい》にあることは、ニーナ・アントークのことを考えずとも、もはや疑《うたが》いようがない。

都市の移動《いどう》に人の手が介在《かいざい》することはなく、電子精霊が自ら汚染獣の存在《そんざい》を探知《たんち》し、回避《かいひ》するように行動するのが、自律型移動都市《レギオス》の性質《せいしつ》だ。それが真逆《まぎゃく》の行動を取り出したのだから、そう考えるのがもっとも妥当《だとう》だ。

自律型移動都市《レギオス》を生み出したのは、遥《はる》かなる過去《かこ》、いまの都市主体の人類形態《けいたい》以前の時代に存在した錬金術師《れんきんじゅつし》たちだ。

現代《げんだい》の人類は都市の機械部分の修復《しゅうふく》を行うことはできても、中枢部分には手を出すことすらできない。

「やはり、廃貴族《はいきぞく》がいまの状況《じょうきょう》を生み出している。……そう考えるのが妥当だね」

廃貴族。

元はツェルニの中枢にいるのと同じ、都市の意思を司《つかさど》る電子精霊だった。だが、汚染獣によって都市が滅《ほろ》んだことで生まれた怨念《おんねん》が電子精霊を狂《くる》わし、汚染獣に対して敵対《てきたい》意思を持つエネルギー型の知性体となった。

「ディン・ディー一人の犠牲《ぎせい》で済《す》むなら、そちらの方が安かったか？」

その廃貴族を引き受けようという一団《いちだん》がいる。

サリンバン教導傭兵団《きょうどうようへいだん》。

その団長であるハイアは、武芸者に寄生《きせい》するという廃貴族の習性を利用して捕《つか》まえようとした。

「いや……」

カリアンは首を振《ふ》る。

「誰《だれ》かの犠牲を元に都市を守るというやり方は間違《まちが》っているよ。少なくとも、学園都市ではね」

「だが、こちらの方が多くの人が死ぬかもしれん」

「それとこれでは問題が違うよ。こちらは、いまの世界に生きる我々の、逃《に》げられない宿命というものだ」

「そうかもしれんがな」

「……なにより、君の矜持《きょうじ》が彼一人に任《まか》せるのを良しとするかい？」

尋《たず》ねると、ヴァンゼはむっと顔を歪《ゆが》め、言い切った。

「するわけがない」

「だろうね」

予想通りの答えに、カリアンはにっこりと微笑《ほほえ》んだ。

「だが、それであいつが納得《なっとく》すると思うか？」

二人の間には、一つの暗黙《あんもく》の事実を前提《ぜんてい》にして言葉が交《か》わされていた。

「するもしないも……」

カリアンは再《ふたた》び首を振る。今度は否定《ひてい》のものではない。一人の人物のことを考えた時に浮《う》かぶ感情《かんじょう》を、払《はら》うようにして振られた。

「どれだけのものがあったとしても、人一人にできることには限界がある。そういうことだよ」

「そうだな」

ヴァンゼも苦い顔で頷《うなず》いた。

「では予定通り、小隊連中を集めて現状説明を行う。その上で、対汚染獣《おせんじゅう》用の特別隊を編《へん》成《せい》する。それでいいな？」

「編成については君に一任《いちにん》するよ」

「ああ、お前の意見はもうわかっているしな」

立ち去るヴァンゼを見送る。

扉《とびら》が閉《と》じられ、カリアンは一人となった。生徒会長室はツェルニでも一番高い位置にある。その窓《まど》からツェルニの街並《まちな》みを眺《なが》めた。

都市の権力者《けんりょくしゃ》はほぼ一様に都市で最も高いところに部屋を持つという。その都市で最も力のある人間であることを証明《しょうめい》するためだと、言われている。

「……だけれど、そんなものはこの大地がこゆるぎしただけで消えてしまうものだ」

自らをも突《つ》き放した様子でカリアンはそう口にした。

「人間の足は二本、そして都市の足は……まったく、当たり前の話だ」

そう呟《つぶや》くと、カリアンは机《つくえ》に戻《もど》り、山積みになった案件《あんけん》の処理《しょり》に集中した。

†

最初に倒《たお》れたのは、フェリだった。

考えてみれば当たり前の話でもある。レイフォンが汚染獣と戦うにはフェリの念威《ねんい》探査《たんさ》によって探《さが》してもらわなければならない。ある程度《ていど》の距離《きょり》を保《たも》って発見してもらわなくては、先日のように成体の汚染獣の群《むれ》に出会った時、都市内部に侵入《しんにゅう》を許《ゆる》すような事態《じたい》になるかもしれないからだ。

レイフォンは汚染獣を倒せば都市に戻って一時でも休息を取ることができる。

だが、フェリにとってはその時こそ働かなくてはならない時なのだ。そしてその後もレイフォンを目的地に運ぶためにフォローしなくてはならない。たとえ、戦闘《せんとう》そのものの補《ほ》助《じょ》を免除《めんじょ》されていたとしても、その疲労《ひろう》はいかほどのものか……。

「すいません……」

病院のベッドに眠《ねむ》るフェリは青い顔でそう言った。

「フェリは悪くなんてないですよ」

見舞《みま》い客も一通り去り、病室にはレイフォンとフェリだけとなっていた。

「いいえ」

ただでさえ透《す》き通るように白い肌《はだ》をしたフェリだ。そこから血の気が去り、もはや本物よりも人形然とした顔で佇《たたず》んでいる。

陽炎《かげろう》のように消えてしまいそうなフェリは言葉を続けた。

「廃貴族《はいきぞく》の感覚は覚えていたはずなのに、機関部でそれを捕《つか》まえられなかったのはわたしの責任《せきにん》です。だから、隊長は……」

ツェルニの暴走《ぼうそう》には廃貴族が絡《から》んでいる。これはいま現在《げんざい》の状況《じょうきょう》を知っている者たちには共通の認識《にんしき》となっていた。

「それなら、隊長をあそこへ行くように言った僕《ぼく》の方が……」

そこで二人の言葉は止まってしまう。

二人とも、慰《なぐさ》めが欲《ほ》しいわけではないのだ。自分の失敗はどうすれば取り戻すことができるのか……それが知りたいのに、知ることができない。

「変ですよね。わたしにとって、この能力《のうりょく》を使わされることは不本意でしかなかったはずなのに、いまは少しでも早く体が動くようになれと思っています。こんなところで寝《ね》ているなんて、落ち着きません」

フェリを包むシーツが二つのしわを作った。それは怒《いか》りを滲《にじ》み出していた。

「わたしはわたしのミスが許《ゆる》せない。だけど、それはプライドから来ているのでしょうか？　それとも、あの人をみすみす危険《きけん》な目に遭《あ》わせてしまったことを悔《く》いているのでしょうか？　わからない……」

弱々しく首を振《ふ》る。血の気の失せた素顔《すがお》。閉《と》じられた瞳《ひとみ》。揺《ゆ》れる長い睫《まつげ》が濡《ぬ》れているような気がした。

かける言葉が思いつかない。レイフォンはただ、向けどころのない怒りに震《ふる》えるフェリを見守るしかできなかった。

「……わたしはただの疲労ですから、休めばすぐによくなります。レイフォンもその間は休んでください」

「そうだね」

これ以上はフェリの体のためにならない。レイフォンは静かに病室を去った。

レイフォンの足は、ごく自然に機関部へと向けられていた。いつも機関部清掃《せいそう》で使っている出入り口の前に立ち、レイフォンは足を止めた。

ここに入って、なにをする？

ニーナが行方《ゆくえ》不明になってから、何度もここに訪《おとず》れた。機関部中枢《ちゅうすう》の前まで移動《いどう》し、ニーナに、ツェルニに呼《よ》びかけた。

だけど、返答はなにもない。レイフォンの呼び声は、機関部の轟音《ごうおん》の前に虚《むな》しくかき消されるだけだった。

行方不明になったニーナを捜《さが》し出すためにどうすればいいか、レイフォンにはわからない。極秘《ごくひ》に都市警察《けいさつ》がニーナを捜すために都市中を調べていると、ナルキが教えてくれた。だが、いまのところ成果は出ていない。

ツェルニにいるのかどうかすらも怪《あや》しい。

行方不明が判明した時、全員の頭に浮《う》かんだのはツェルニの外に放り出された可《か》能性《のうせい》だ。ニーナは都市外装備《そうび》を着けてはいなかった。汚染《おせん》物質《ぶっしつ》に焼かれたニーナの姿《すがた》が脳裏《のうり》に浮かび、背筋《せすじ》が凍《こお》りつく。だが、ツェルニの足跡《そくせき》を探《さぐ》ってみてもニーナらしき姿はどこにもなかった。

では、ニーナはどこに？

ニーナを見つける、助け出すためにレイフォンにできることは……

(僕はなにをしたらいいんだろう？)

なにかをしなければいけない。

焦燥感《しょうそう》がレイフォンを突《つ》き立てていた。なにをしなければいけないのかもわからないままに背中を押《お》し、どことも知れぬ場所に連れて行こうとする。

ニーナを見つけなければいけない。

ツェルニを窮地《きゅうち》から脱出《だっしゅつ》させたい。

それには、どうしたらいい？

「くっ！」

逃《に》げるようにレイフォンは走った。目的地はない。焦《あせ》りしかないレイフォンはただひたすらに走った。

走る以外にできることが思いつかなかった。

ニーナがああなった原因《げんいん》に廃貴族《はいきぞく》が関《かか》わっていることはわかっている。それしかないとさえ思える。

都市の異常《いじょう》も、また同様だ。二つともに廃貴族が絡んでいる。

（どうして……あの時っ！）

第十小隊との試合だ。あの時、廃貴族が憑依《ひょうい》したディン・ディーをサリンバン教導傭兵《きょうどうようへい》団《だん》に引き渡《わた》していれば、いまのこの状況はなかった。

ニーナが倒《たお》れることもなく。

ツェルニが汚染獣《じゅう》に向かって暴走するということもなかった。

ディン・ディーを渡していれば……

「くそぅ……っ！」

足を止めた場所は外縁部《がいえんぶ》だった。行き着いたとも言える。目的もなく走ろうにも、閉じられた世界には限界《げんかい》がある。

だが、ディンを渡すことを拒《こば》んだのはニーナなのだ。そうしなければ廃貴族を人為《じんい》的に移動させることができないのに、ニーナはそれを阻《はば》んだ。

もちろん、それはニーナだけの意思ではない。カリアンも同意見だったし、学園都市の性質上、学生を見捨《みす》てるなんていう真似《まね》が許《ゆる》されるはずがない。

「だけど……」

ディンを渡していれば、いまの危機《きき》はなかった。

後からこうしておけばよかったなんて誰にでも言える。だけど、言いたくもなる。自分がその時になにをしたか？　ニーナの意思を実現《じつげん》させるために、ハイアと戦ったのだ。それだけじゃない、もう握《にぎ》らないと決めた刀まで手にした。

それなのに、その結果がこれでは……

「どうして、僕は……」

グレンダンでもそうだった。生まれ育った孤児院《こじいん》を、グレンダンにいた孤児たちを、食糧《しょくりょう》危機が起きた時のようなあんなみじめな思いをさせないために、武芸者《ぶげいしゃ》としては下衆《げす》と言われてもおかしくない真似をして金を稼《かせ》いだ。

それが発覚して、レイフォンは天剣授受者《てんけんじゅじゅしゃ》というグレンダンで最も尊敬《そんけい》される立場から追いやられ、放逐《ほうちく》された。

「どうして僕は、同じことを繰《く》り返す？」

なにかのために、誰かのために、レイフォンは全力を尽《つ》くしてきたのだ。

それなのに、どうしてここまで報《むく》われない？

うまくいかない？

レイフォンがカリアンに求められたのは、ツェルニが抱《かか》えた資源《しげん》問題を解決《かいけつ》するために武芸大会を勝ち越《こ》し、新たなセルニウム鉱山《こうざん》を手に入れることだったはずだ。

ニーナたち第十七小隊に入隊したのはその一環《いっかん》のようなものだった。成り行きに逆《さか》らえなかったのもあるけれど、最終的にはレイフォンはそこからやり直そうと決めたのだ。

一からやり直す場所を失わないために。

それなのに……いま、ツェルニは存亡《そんぼう》の危機にある。

(まだだ……まだ、完全に失敗したわけじゃない)

失意の底に落ちそうな自分にそう言い聞かせる。絶望《ぜつぼう》の淵《ふち》に手をかけ、よじ登るために。

(滅《ほろ》んだわけじゃない、ここがなくなったわけじゃない。まだやれることはあるはずだ)

レイフォンにできることを全力を尽くしてやる。

ツェルニを守ることが、ニーナが戻《もど》ってくる場所を守ることに繋《つな》がると信じるしかない。

そのために必要なのは、念威《ねんい》繰者《そうしゃ》だ。

レイフォンの行動を完璧《かんぺき》にサポートできる念威繰者はフェリ以外にはいない。信頼《しんらい》できないとも言える。フェリはレイフォンをサポートすることで実戦を経験《けいけん》しているが、他の念威繰者はそうじゃない。幼生体《ようせいたい》に襲《おそ》われた時の対応《たいおう》を見れば、彼らの実力はわかる。

しかし、念威繰者がいなくては、ツェルニが襲われる前に汚染《おせん》獣を排除《はいじょ》することはできない。

(もうこうなったら、汚染獣さえ発見してくれたらそれでいい)

他の何かを求めなければいいのだ。フェリが倒れる前には戦闘補助《せんとうほじょ》を断《ことわ》っていたのだ。やってやれないことはない。

それが、ニーナを見つけ出すための最善《さいぜん》の方法ではないとわかっていても、それしかレイフォンが思いつく方法はなかった。

(生徒会長に、念威繰者を紹介《しょうかい》してもらわないと)

そう思い、振《ふ》り返った瞬間《しゅんかん》……

「……え？」

なにかが自分の胸《むね》に飛び込《こ》んできた。同時に胸に痛《いた》みが広がる。

細い、金属《きんぞく》の筒《つつ》が胸にぶら下がっていた。その先端《せんたん》に短い針《はり》があり、それはいまレイフォンの胸を浅く裂《さ》いて服に引っかかっている。

クラリと視界《しかい》が揺《ゆ》れたのはそのすぐ後、

「なんで？」

なにに疑問《ぎもん》を持ったのかもわからないまま、レイフォンは視界を暗転させた。

# 03　窮鳥《きゅうちょう》

小鳥が窓《まど》を叩《たた》いていた。

部屋でぼんやりとしていたリーリンは、くちばしで窓を叩く小鳥の姿《すがた》を見つけ、近寄《ちかよ》った。掌《てのひら》に乗りそうな小さな鳥だ。褐色《かっしょく》のくちばしで窓ガラスをコツコツと叩いている。

「珍《めずら》しい」

「野生かな？　それともペット？」

グレンダンでは飛べる鳥はあまり見ない。空に放すとエア・フィルターを突《つ》き抜《ぬ》けてしまい、すぐに死んでしまうからだそうだ。エア・フィルター内のみを飛び回るように習性《しゅうせい》付けることは可能らしいが、グレンダンではそれが実行される様子はない。

「入るかな？」

驚《おどろ》かさないように窓をゆっくりと、少しだけ開けると小鳥は窓の桟《さん》を跳《は》ねるように移動《いどう》し、部屋の中に入ってきた。小刻《こきざ》みに羽ばたき、天井《てんじょう》付近を一周するとベッドサイドにあるテーブルに足を下ろした。

「おいで……」

人懐《ひとなつ》っこい様子にリーリンは手を伸《の》ばしてみた。小鳥は伸ばした指をしばらく眺《なが》めるようにした後、掌の上に乗った。

「そんなにお人好《ひとよ》しだと、捕《つか》まって食べられちゃうわよ」

笑いかけると、小鳥は首を捻《ひね》るようにして羽の手入れを始める。リーリンは部屋に閉《と》じ込められた鬱屈《うっくつ》が紛《まぎ》れていくのがわかった。

全体は茶褐色だが、顔から胸の辺りに白いものが交《ま》じっている。尾は長く、動くたびにひょこひょこと色んな方向を向くのが面白《おもしろ》い。

頭に、まるで冠《かんむり》でも被《かぶ》っているかのような金色の長い羽毛が突き出していた。

しばらく手の上に居座《いすわ》る小鳥の姿を楽しみ、リーリンは窓を開けて外に手を出した。見れば、宿泊施設《しゅくはくしせつ》のある区画を仕切る塀《へい》の向こうに、似《に》たような小鳥の群《むれ》がいた。

「仲間のところにお帰り」

小鳥は、しばらく手の外を窺《うかが》うようにしたかと思うと羽を広げて飛んでいった。

いまだに宿泊施設から出られない生活が続いていた。部屋と食堂の往復《おうふく》だけの毎日は、まるで自分が犯罪者《はんざいしゃ》にでもなって牢屋《ろうや》に入れられたかのような気分にさせられる。

「どうなるのかしら……」

すでに見飽《みあ》きた都市の風景に、小鳥の群が舞《ま》ってくれることで新鮮《しんせん》さが蘇《よみがえ》った。リーリンは鳥の群を目で追って楽しんでいたが、口から零《こぼ》れ出た言葉にため息が混じるのを止められなかった。

あれから十日が無為《むい》に過《す》ぎていった。

事件《じけん》が解決《かいけつ》に向かって動いているとは思えないのだ。

それに……と思う。

徐々《じょじょ》にだが、リーリンの胸に嫌《いや》な予感が募《つの》ってきていた。最初は気のせいだと思っていたのだが、どうもそうではないように思える。

食堂に集まる他の人たちにも、その気持ちがあるのかあちらこちらを窺って視線が交錯《こうさく》し、ひそひそとした話し声が増《ふ》えた。

それを監視《かんし》する学生たちの顔にもはっきりと余裕《よゆう》がないのがわかった。

ただ、これがどういう予感なのか、リーリンにも、おそらくは他の宿泊者たちにもはっきりとはわかっていない。

なんだか、妙《みょう》に落ち着かないのだ。なにもないのにそわそわとしてしまうし、眠《ねむ》りも浅くなる。

事件が解決に向かっていないことは、動きを止められた宿泊者にとっては次の放浪《ほうろう》バスを逃《のが》すかもしれない危険《きけん》になる。これだけでも、十分に嫌な予感だ。

だが、宿泊者をずっととどめておくことはできないはずだ。次の放浪バスが無人で来るということはないだろう。人が増《ふ》えれば、宿泊施設を圧迫《あっぱく》することになる。また、食糧《しょくりょう》の問題にも繋《つな》がる。

この拘禁《こうきん》はそう長くは続かない。そう、食堂で知り合った識者《しきしゃ》らしい人物は悠然《ゆうぜん》と語っていた。

だが、その人物もいまは落ち着きのない様子で監視の学生を窺っている。

この、妙な不安感の原因《げんいん》はなんなのか……？

誰《だれ》もが外の情報《じょうほう》を欲《ほ》しがっていた。

「そういえば、彼女は……」

ニーナ・アントークと名乗ったあの少女に出会っていない。最近は食堂の雰囲気《ふんいき》の中に長くいたくなくて、食事が終わればすぐに部屋に戻《もど》るようにしていた。もしかしたら、ニーナとは入れ違《ちが》いになっているだけなのかもしれない。

だけど、あの少女は本当にここの宿泊者なのだろうか？

食堂だけが他者と接点《せってん》ができる場所なのだ、そこで十日以上も見かけないというのはおかしい。

変人なのだ……と頭の片隅《かたすみ》に考えがよぎる。だけど、それとこれとはまた問題が違う。

最初の二日ほどは会うのを避《さ》けるようにしていたけれど、その後からは向こうから近づいてくる様子がないので、気を抜《ぬ》いていた。

それなのに、一度も顔を見ないのは変だ。

「ニーナ・アントーク……あの人は、なに?」

「呼《よ》んだか?」

「え?」

いきなりの声に、リーリンは反射《はんしゃ》でそちらを見た。

鳥を逃がすために全開にした窓《まど》から、当のニーナが潜《もぐ》り込んでくる最中だった。

「ひゃっ!」

その時、リーリンは窓から離《はな》れベッドに腰《こし》かけようとしていた。驚きでバランスを崩《くず》し床《ゆか》に倒《たお》れそうになる。

「おっと……」

ニーナの腕《うで》がすばやくリーリンの体を支《ささ》えた。

「な、な、な……」

「大丈夫《だいじょうぶ》か?」

「なにしてるのよ!?」

「うん、この都市のことを調べていた」

非常識《ひじょうしき》を責《せ》めるために叫《さけ》んだというのに、ニーナは動じもせず、普通《ふつう》に答えた。

「はっ？」

「この間は知らなくてもいいかもしれないなんて言っていたが、やはり知らなくてはいざという時に動きが取れないかもしれないからな。調べてきた」

当たり前に、そんなことを言う。

「調べるって？　……え？　もしかして……」

「そうだ」

混乱《こんらん》しながら、リーリンは外を見た。

ニーナはその視線《しせん》を追って頷《うなず》いている。

窓の向こうにはマイアスの街並《まちな》みが広がっている。

「調べてきた」

平然と言ってのけた。

「まるで泥棒《どろぼう》のようにこそこそしなくてはいけなかったのは不本意だが、この際《さい》、それは仕方ない。おかげでこの都市の状況《じょうきょう》は把握《はあく》できたのだからな」

「どういう、ことですか？」

いま、宿泊施設《しゅくはくしせつ》で足止めをされている誰もが知りたがっている情報を、ニーナは手に入れてきたというのだ。リーリンは身を乗り出した。

「大変なことになっている」

「大変なことって……」

ずっと、この場所に閉《と》じ込められて育てられてきた嫌《いや》な予感が形を得ようとしている。

リーリンは息を飲んでニーナの次の言葉を待った。

「この都市は、足を止めている」

「え？」

としか言いようがない。汚染獣《おせんじゆう》の猛威《もうい》から逃れるために自律型移動都市《レギオス》には足があり、世界を放浪しているのだ。

かつて、人間は世界の主役であったらしい。だが、いまや世界にとって人間とは端役《はやく》であり、主役を引き立てるためのものでしかない。世界の主役の座《ざ》は汚染獣に強奪《ごうだつ》されたのだ。

「まぁ、疑《うたが》うのは仕方がない」

言って、ニーナは背後《はいご》の窓を見た。

「宿泊者のいる部屋は、すべて都市側を使わされているようだからな」

「嘘《うそ》……」

そう、リーリンのいる部屋の窓からは都市内部の様子しか見えない。

しかし、まさか全《すべ》ての宿泊者の部屋がそうだとは思わなかった。

「いままで足音が聞こえなかったはずだ。まぁ、わたしもいつも足の動きを見ているわけじゃないからな。気付くのに少し時間がかかった」

「あ、だから……」

眠《ねむ》りが浅かったり、妙《みょう》に落ち着かない気持ちになっていた原因《げんいん》だったのか。あるべきはずのものがないことで、体が変調をきたしていたということか。

「でも、足が止まるなんてこと」

自律型移動都市《レギオス》の足が止まる。そんなことを想像《そうぞう》したことなんてない。リーリンにとってそれは動いていて当たり前のものだったからだ。

「わたしだってそうだが、事実は事実だ」

ニーナは頷き、自分の考えを語った。

「機械的な故障《こしょう》なら、都市警《けい》の連中はあそこまで慌《あわ》てはしないだろうと思う。整備《せいび》工の知り合いに聞いた話だが、特殊《とくしゅ》な機構《きこう》を取り付けでもしない限《かぎ》り、基本《きほん》的にはどの都市も足の構造《こうぞう》は変わらないと言っていたからな。それを狙《ねら》われたという考え方は薄《うす》い」

「どうして？」

「考えてもみろ。情報《じょうほう》を盗《ぬす》まれたぐらいで都市の移動《いどう》に支障《ししょう》をきたすような、そんなものを取り付けるか？　盗まれなくとも、故障した時の代替品《だいたいひん》の用意もしてないのか？」

「あ、なるほど」

「本当に盗まれたのなら、それはこの都市の人間ではどうすることもできないものだ」

「それって……なに？」

「決まっている」

自信満々にニーナが言った。そんな彼女を見て、リーリンは頭を捻《ひね》る。

いま、マイアスにいる人たちにどうしようもなくて、なくなると都市の足が動かなくなるもの……

「あ、まさか……」

一つの単語が思いついた。つい最近まではその言葉について特に意識《いしき》したこともなかった。

だけど、レイフォンからの手紙にそれが書いてあったのだ。

「電子精霊《せいれい》？」

「それしか考えられない」

ニーナは頷《うなず》いた。

電子精霊……自律型移動都市《レギオス》のまさしく意思であり、現在の人類では都市以上に再現《さいげん》が不可能《ふかのう》な謎《なぞ》の存在。

それが、盗まれる。

「でも、よくわからない」

電子精霊が盗まれるという言葉のニュアンスが、リーリンにはうまくつかめなかった。リーリンは実際《じっさい》に自分の目で電子精霊を見たことがない。どんなものかもよくわかっていないのだ。

「そうだな。盗まれるという感覚は難《むずか》しいのかもしれないな」

「そうよね」

「だが、盗むという考え方はわたしにも難しいが、あれをどうにか機関部から引き離《はな》すというのなら不可能ではない。それを、いまのわたしは知っている」

「どうして？」

「ふむ、それは……」

ニーナが説明をしようとして……いきなりすごい勢《いきお》いで窓《まど》を振《ふ》り返った。

「どうした……の………？」

言葉の途中《とちゅう》で、リーリンも窓の外に視線《しせん》を向け、凍《こお》りついた。

「どうやったかはわからんが、機関部から引き離された電子精霊が罠《わな》にかかったようだな」

「え……あれ？　だって……」

リーリンは信じられない光景を見ていた。

窓の向こう、宿泊施設《しゅくはくしせつ》のある区画と学園都市に住まう人々の区画をわける塀《へい》がある。

そこに大量の、さきほどリーリンの部屋に舞《ま》い込《こ》んできたのと同じ小鳥たちがいた。

「………なに？」

小鳥の群《むれ》は一つの巨大《きょだい》な生き物のようになって、うねるようにもがくようにして暴《あば》れている。

その周りに、細い稲光《いなびかり》のような光が幾筋《いくすじ》も幾筋も走り抜《ぬ》けていた。

ざわめきが、開いた窓から入り込んできた。

「あの中に電子精霊がいる」

言うや、ニーナは入ってきた時と同じように窓をくぐった。

「なにを？」

「助けに行く。それが、わたしがここに現《あらわ》れた理由だ」

ニーナは窓から体を滑《すべ》らせると、壁《かべ》を蹴《け》って飛んだ。武芸者《ぶげいしゃ》の全力の跳躍《ちょうやく》に厚《あつ》い壁が震《ふる》える。ニーナの体はあっという間に小さくなり、地上へと姿を消した。

騒《さわ》ぎはいまだに続いている。

その中に悲鳴が混《ま》じっていることに、リーリンはすぐに気付いた。

緊急《きんきゅう》を知らせる刺々《とげとげ》しいサイレンの音が宿泊施設内を駆《か》け回ったのは、そのすぐ後のことだった。

「汚染獣《おせんじゅう》に見つかった！」

ドアの向こうで、誰かがはっきりとそう叫《さけ》んだ。

†

ドアを開けると、そこはすでに荷物を抱《かか》えた大勢《おおぜい》の人でいっぱいになっていた。リーリンも慌《あわ》てて部屋に戻《もど》ると、いつでも動けるようにまとめていた荷物を摑《つか》んで廊下《ろうか》に飛び出す。

汚染獣が現れたのなら、すぐにシェルターに移動《いどう》しなくてはいけない。ましてや、ここはグレンダンではないのだ。汚染獣に攻《せ》められたら、すぐに滅《ほろ》んでしまうかもしれない。

「ご安心ください！　汚染獣には我々《われわれ》、マイアスの武芸者が全力をもって対応《たいおう》いたします。みなさんは落ち着いて、迅速《じんそく》にシェルターに移動してください！　それが我々の助けにもなります！」

そんな中、ロイの自信に満ちた声はわずかなりとも宿泊者たちに効果《こうか》を与《あた》えているのか、移動に生じる乱《みだ》れはほとんどなかった。

「リーリンさん」

廊下に出るとすぐに声をかけられた。

「サヴァリスさん！」

ロビーに向かう人たちをかき分けてサヴァリスが近づいてくる。

「シェルターまでお送りしますよ」

「え？」

「あなたの無事を確保《かくほ》しておかないと色々とうるさい方がいらっしゃいますから」

「え？　え？」

「さあ、こっちです」

言うや、サヴァリスは荷物を奪《うば》い取り、さらにリーリンを肩《かた》に担《かつ》ぐとすごい勢いで走り出した。

「ちょ、サヴァリス……さんっ！」

「喋《しゃべ》ると、舌《した》を噛《か》みますよ」

「そんな……ことっ！」

それ以上、喋ってなんていられなかった。リーリンを担いでサヴァリスは走る。

廊下をではない。

壁をだ。

廊下は人で溢《あふ》れていて、走るなんてどころではない。しかしだからといって壁を走ろうなんて考える一般人《いっぱん》はいない。

リーリンは一般人なのだ。

「…………っ！」

声を出せなくても、口は悲鳴を上げようとしている。

サヴァリスは壁に対して斜《なな》めになるようにして走り続ける。階段《かいだん》に差し掛《か》かっても降《お》りない。曲がり角をそのまま曲がりきり、一気にロビーにまで辿《たど》り着いた。

「みなさん、落ち着いてください！　シェルターまでの道は確保されていますっ！」

ロビーでは必死にロイが叫んでいた。

その慌てぶりをいい気味だなんて思う余裕《よゆう》もない。リーリンも思わぬ体験に腰を抜かしかけていた。

「おやだらしない。レイフォンにこんなことはされませんでしたか？」

「……しませんよ」

「それはそれは、あなたのことが大事だったんですね」

「……関係、ないと思います」

「まぁ、いまは僕《ぼく》も、あなたを大事にしないといけないのですけど……」

顔を真っ赤にして否定《ひてい》したというのに、サヴァリスは聞いてないどころか関係のないことを言っている。

しかし、その言葉もまた気になる。

それにロビーでは混乱《こんらん》がひどくならないようロイたち都市警察《けいさつ》が必死になって宿泊者《しゅくはくしゃ》たちを分けてシェルターに誘導《ゆうどう》しようとしている。話をする時間はあった。

「さっき、わたしが無事じゃないと誰《だれ》かがうるさいって言ってましたけど……？」

「覚えてましたか」

「そんなすぐには忘《わす》れませんよ」

「困《こま》りましたねぇ、忘れてくれると嬉《うれ》しいんですけど」

「誰か教えてくれたら、忘れます」

「困りましたね」

繰《く》り返すと、サヴァリスは本当に困ったように顔をしかめた。

グレンダンにいた時なら天剣授受者《てんけんじゅじゅしゃ》の威名《いめい》に「やっぱりいいです」と言ったかもしれないが、長く放浪《ほうろう》バスで一緒《いっしょ》になっていたせいか、サヴァリスという人物に慣《な》れてしまった。リーリンは食い下がる目で見つめる。

デルクということはないだろう。レイフォンの師《し》ということで、もしかしたらなんらかの面識《めんしき》はあったかもしれないが、そんなことを頼《たの》むとは思えない。なにより、天剣授受者が外に出るという事態《じたい》を考えているとは思えない。リーリンが驚《おどろ》いたのだから、武芸者《ぶげいしゃ》のデルクはもっと驚くに違《ちが》いないのだから。

「あなたと僕と共通の知人なんですが……」

「……もしかして、シノーラ先輩《せんぱい》とか言いませんよね？」

学校にはリーリンと仲の良い友達はそれなりにいるが、天剣授受者と知り合いでいそうな者となると浮《う》かんでくるのはやはりと言おうか、一人しかいなかった。

「まぁ、そうなんですけどね」

だから、あっさりと頷《うなず》かれても驚かない。彼女ならありえる。そう思えてしまうのだ。

「なんでまた……」

「……色々とあるんですよ」

サヴァリスが言葉を濁《にご》す。そのこめかみに大粒《おおつぶ》の汗《あせ》が浮かんでいるのをリーリンは見逃《みのが》さなかった。

（あの人のことだから、この人の弱みとか握《にぎ》ってそう）

そう考えると、この人が少しだけかわいそうになってくる。

「苦労してるんですね」

「いえいえ、楽しませてもらってますよ」

そんなことを話している間に、リーリンたちに順番が回ってきた。都市警察のジャケットを着た少年たちが固い顔でリーリンたちを囲み、外へと案内していく。汚染獣《おせんじゅう》が目に見えるほど近くにいるということではないようだ。

リーリンは久《ひさ》しぶりに外の光景を眺《なが》めた。入り口は外縁部《がいえん》に面していて、すぐにそれがわかる。

都市を囲うように伸《の》びる都市の足の動きが止まっていた。この混乱したざわめきの中、何人の人がその事実に気付いているのだろう。

（ニーナの言ったことは本当だった）

リーリンは背後《はいご》を見た。

宿泊施設《しせつ》の陰《かげ》に隠《かく》れるようにして、あの小鳥の群舞《ぐんぶ》が続いている。その周囲を這《は》うように光る細い糸のようなものも同様だ。

(本当に、あそこに電子精霊《せいれい》がいるのなら……)

それを救出して機関部に戻《もど》せば今のこの危機《きき》は脱出《だっしゅつ》できるのではないだろうか？

「なにをしてるんですか？」

サヴァリスに腕《うで》を引かれた。気付けば、足を止めていた。他の人たちはすでにかなり先を進んでいる。

「サヴァリスさん、都市が足を止めているんです」

「知っていますよ。いずれこうなるだろうなとは思ってました」

サヴァリスのあっさりとした態度《たいど》にリーリンは目を丸くした。が、この人の性格《せいかく》に関して、いまはどうこう言っている時ではない。

「電子精霊が機関部にいないそうなんです。すぐになんとかしないと……」

「……それは、どなたに聞いた話ですか？」

「ニーナです。前に食堂で見たでしょう」

「彼女からですか？　いつ？」

「さっきです。あそこ」

リーリンは小鳥の群《むれ》を指差した。

「あそこに電子精霊がいるらしいんです」

「どうしてそう思うんです？」

「だって、あんな変なことになってるんですよ」

そう言うと、サヴァリスが奇妙《きみょう》な顔をした。

「確《たし》かに飛んでいる鳥は珍《めずら》しいですが、あれは汚染獣に怯《おび》えているだけでしょう。本能《ほんのう》が危険《きけん》を察知してるんです」

「だって、あんなに変な光が」

リーリンの主張《しゅちょう》にサヴァリスはさらに変な顔をしただけだった。

「そんなものはどこにもありませんが？」

「え？」

驚《おどろ》いて、リーリンは再《ふたた》び小鳥の群を見た。

だがやはり、奇妙な光の筋《すじ》が小鳥の群の周りを走っている。それから逃《に》げるようにして小鳥たちは旋回《せんかい》を繰《く》り返したりしているのだが、光は小鳥たちの行く先に先回りして逃がさないようにしている。

「光ってるじゃないですか」

「僕には見えませんが？」

サヴァリスの困惑《こんわく》は本物のように思えた。

「でも……」

（どういうことなの？）

リーリンには確かに見える。錯覚《さっかく》か幻覚《げんかく》か……自分の正気を一瞬《いっしゅん》疑《うたが》ったが、見えるという事実が変わるわけではない。

自分が狂《くる》ったとは思いたくはない。

なら、あそこで起こっている現象《げんしょう》は真実なのだ。

自分と……そしてニーナにしか見えていなくとも。

「さあ、行きますよ」

サヴァリスがゆっくりと手を伸ばしてきた。それを避《さ》けて、リーリンは走り出す。

「リーリンさん！」

「ごめんなさい。後よろしく」

サヴァリスがさらになにかを言った気がしたが、リーリンはかまわず走った。

あの、小鳥の群のいる場所に。

「後よろしくって……」

サヴァリスは頭を掻いて途方《とほう》にくれた。

「そういうわけにもいかないんですけどねぇ」

ツェルニに向かうことを許《ゆる》されたあの日、女王にこう命じられたのだ。

他の誰にも聞こえないよう、こっそりと。

「あんたが優先《ゆうせん》するのは廃貴族確保《はいきぞくかくほ》じゃなくてリーリンの安全だからね。彼女に毛ほどの傷《きず》があっても許《ゆる》さないんだから。潰《つぶ》すからね、ぷちっと。後、彼女に頼《たの》まれたらちゃんと言うこと聞くのよ。もう女王命令と思ってもいいから」

無茶苦茶《むちゃくちゃ》な言い分である。カナリスが聞けば柳眉《りゅうび》を逆立《さかだ》てて怒《おこ》るに違《ちが》いない。

「……もしも、リーリンさんの言い分が彼女の命をないがしろにするものであったら、どうしますか？」

悪戯《いたずら》心で、そう聞いてみた。

「彼女の安全を守るのは当たり前。彼女の言うことを聞くのも当たり前。両方やってみせなさい。普段《ふだん》、天剣授受者《てんけんじゅじゅしゃ》だ～って威張《いば》ってんだから」

「いや、ルイメイさんじゃないんですから、僕はそんなに威張ってはいませんよ」

「うるさい、とにかくそうしろ」

無茶もここに極《きわ》まれり、だ。

そういう事情《じじょう》がある。リーリンを放っておくなんてできない。

「どうしたものですかねぇ」

リーリンになにかあれば、女王は本当にサヴァリスを許さないだろう。よその都市に逃げるという手もあるが、あいにくとサヴァリスを満足させてくれるような都市が他にあるとも思えない。

ならば、サヴァリスに求められるのはリーリンの安全を確保しつつ、彼女の言う「後よろしく」を実行しなければならないということになる。

「ふむ……つまり、僕に汚染獣《おせんじゅう》を退治《たいじ》しろというわけですか」

リーリンが言いたかったのは都市警察《けいさつ》にリーリンがいないことを指摘《してき》された時にうまくごまかしてくれという意味だったのだろうが、それでは迫《せま》る汚染獣の脅威《きょうい》を対処《たいしょ》できない。

「しかし、退治するにしても、あまり離《はな》れるのも問題ですからねぇ」

なにしろ、毛ほどの傷も許されないと言われているのだ。

「なら、この都市に侵入《しんにゅう》するギリギリのラインで戦うことになるでしょうね」

この都市の対応《たいおう》を見る限《かぎ》り、対汚染獣用の剄羅砲《けいらほう》がある外縁部《がいえん》で迎《むか》え撃《う》つつもりなのはすでにわかっている。

「天剣は持ってきてないですし、けっこう難《むずか》しいかもしれませんね」

汚染獣の詳《くわ》しい情報《じょうほう》は、さすがに念威繰者《ねんいそうしゃ》ではないサヴァリスにはわからない。この場合、成体よりも数の多い幼生体《ようせいたい》の方が厄介《やっかい》だ。リンテンスや、その技《わざ》を習ったレイフォンならば簡単《かんたん》だろうが、サヴァリスには難しい。

都市に一体でも侵入を許したら、それが原因《げんいん》でリーリンが怪我《けが》をしてしまうかもしれないからだ。

「ふうむ……」

しばらく考えたサヴァリスはおもむろに呟《つぶや》いた。

「面白い」

かつて、これほどまでに制約《せいやく》のある戦いをしたことがあるだろうか？　グレンダンでは、十一人の天剣授受者の中から、状況《じょうきょう》によって戦う天剣授受者を使い分けられてきた。

サヴァリスはただ、用意された舞台《ぶたい》で十二分に実力を発揮《はっき》すればよかったのだ。

だが、ここでは違《ちが》う。あらゆる状況でサヴァリスだけの力でリーリンを守らなければならないのだ。

「なるほどなるほど……物は考えようとはよく言ったものです」

気の持ちようが変わったためだろう。サヴァリスはとてもやる気になった。

「では存分《ぞんぶん》に動いてみることとしますか」

言うや、サヴァリスの姿《すがた》がその場から消えた。

†

リーリンは誰にも邪魔《じゃま》されることなく、その場に辿《たど》り着いた。

「うあ……」

区画を分ける塀《へい》をまたぐようにして小鳥の群《むれ》がうねり狂《くる》い、その周囲を細い光が駆《か》け巡《めぐ》っている。近くで見るとその迫力《はくりょく》に圧倒《あっとう》させられた。

「ニーナは……？」

安全な距離《きょり》を取りつつ、ニーナを捜《さが》す。

いた。

視覚《しかく》ではなく、聴覚《ちょうかく》が武芸者《ぶげいしゃ》の戦闘《せんとう》を知覚した。

「つっ！」

金属《きんぞく》同士のぶつかり合う甲高《かんだか》い音が鼓膜《こまく》に突《つ》き刺《さ》さり、リーリンは耳を塞《ふさ》いでその場にしゃがみ込んだ。

「やはり貴様《きさま》らか！」

ニーナの叫《さけ》びが塞いだ手からくぐもって聞こえてくる。

「やはり惑《まど》いの道を進んだか……」

押《お》し殺した声が指の隙間《すきま》から届《とど》けられた。

リーリンの前に複数の影《かげ》が瞬時《しゅんじ》にして現《あらわ》れた。

一人はニーナだ。その両手には二振《ふ》りの鉄鞭《てつべん》が握《にぎ》られている。

残り……五人だ。

イヌ科の動物を模《も》した仮面《かめん》を被《かぶ》った集団《しゅうだん》は、思い思いの武器を手にニーナを囲もうとしている。

その奇《き》怪《かい》な出で立ちの集団にリーリンは息を飲《の》んだ。

性別《せいべつ》はわからない。戦闘《せんとう》衣に身を包み、頭をすっぽりと黒布《くろぬの》で覆《おお》い、顔は仮面で隠《かく》されている。

「狼面衆《ろうめんしゅう》、貴様らの目的はなんだ？」

集団は狼面衆というらしい。すでにほとんどの都市では生息しない、図鑑《ずかん》の中だけの生き物。狼《おおかみ》。大地を駆《か》ける狩猟《しゅりょう》動物。その面を被った集団の中で、ニーナの質問《しつもん》に答えたのが誰《だれ》だったのか、リーリンにはわからなかった。

「我《われ》らの目的は無限《むげん》なる戦場だ。そのために必要なものを手に入れる。……例えば、いま、貴様が仮初《かりそ》めに手に入れたその力。廃貴族《はいきぞく》」

「っ！　この都市を滅《ほろ》ぼす気か!?」

ニーナの表情が驚《おどろ》きに見開かれ、そして怒《いか》りの色に染《そ》まった。火花が散りそうなほどに歯を嚙《か》み締《し》め、狼面衆たちを睨《にら》む。

「こんな都市に興味《きょうみ》はない」

狼面衆の誰かが言った。

「だが、必要であればそうする」

冷たい宣告《せんこく》。

この都市に住む何万人もの人間が死ぬことをなんとも感じていない冷たさに、リーリンは身震《みぶる》いした。

「貴様ら……自律型移動都市《レギオス》があるからこそ人は生きていけるというのに、それを簡単《かんたん》に滅ぼすだと……」

ニーナが吐《は》き出した怒りを、狼面衆は淡々《たんたん》とやり過《す》ごした。

「我らの目的が完遂《かんすい》されれば」

「自律型移動都市《レギオス》そのものが必要となくなる」

「オーロラ・フィールドがそれを可能《かのう》とする」

「リグザリオの思想など」

「イグナシスの夢想《むそう》の前には塵《ちり》と同じ」

狼面衆たちが言葉を語る。同じ声、同じ淡々とした語調。一人が喋《しゃべ》っているわけではない。全員が喋っているのだ。

同じ声で、同じ意思に基《もと》づいた言葉を。

（この人たち……みんな一緒《いっしょ》？）

あの仮面に隠れた素顔《すがお》。そこにはなにもないのではないか？　ふと、リーリンはそう思った。空洞《くうどう》のように感じてしまうのだ。

消失した個性《こせい》。彼らの言葉には感情《かんじょう》の熱がない。狂信《きょうしん》している様子も信奉《しんぽう》している様子もない。

ただ、録音された言葉を再生《さいせい》しているだけのような声音《こわね》が、リーリンの精神《せいしん》を異界《いかい》へと誘《さそ》っているかのようだ。

「リグザリオ……だと？」

めまいがしそうな狼面衆の話し方に、ニーナは惑わされていなかった。

「知っているか？」

「リグザリオを？」

狼面衆たちが、初めて意思の宿った言葉を吐《は》いた。興味《きょうみ》だ。

「そうか」

「なるほどな」

「だから貴様は、ここに現《あらわ》れたか」

「なにを言っている？」

ニーナの質問に、狼面衆たちは答えなかった。

その代わりに手を伸《の》ばす。全員が、武器を持っていない手を。

「我らと来い。ニーナ・アントーク」

「我らの出会いは、強盗風情《ごうとうふぜい》に邪魔《じゃま》をされたために不幸な形となった」

「だが、オーロラ・フィールドはいかなる戦士をも否定《ひてい》しない」

「武芸者《ぶげいしゃ》の究極《きゅうきょく》の目的は、我らの下で完遂される」

「世界平和だ」

無味乾燥《かんそう》の語調とは相反する言葉だ。だが。狼面衆の全《すべ》てが武器を持たない手をニーナに差し出している。片手《かたて》に提《さ》げられた武器も全て地面に向いていた。戦闘意思の放棄《ほうき》。仲間を求める握手《あくしゅ》。

ニーナは、どうする？

「信じられん」

一言で切って捨《す》てた。

「貴様らの言葉には心がない。誰かに言わされているのか、それとも貴様らの背後《はいご》にいる誰かが喋っているのか……そんなことは知らない。だが、心のない言葉に応《おう》じるものか。誰が応じるものか」

ニーナの言葉は力強く、狼面衆たちを打つ。

「わたしがわたしの意志《いし》でお前たちの考え方に同調しようとも、その先にあるのがおまえたちと同じであるのなら、それは結局、わたしの意志など無視《むし》しているということに他ならないではないか。イグナシスがお前たちの背後にいる者の名前なのなら、そいつは何者をも信じていない、信じることのできない臆病者《おくびょうもの》だ！」

ニーナの痛烈《つうれつ》な叫《さけ》びは、狼面衆《ろうめんしゅう》の仮面《かめん》の上で弾《はじ》けた。

「では……」

「交渉《こうしょう》は決裂《けつれつ》」

「そういうことだな」

狼面衆が次々に呟《つぶや》き、錬金鋼《ダイト》を構《かま》えなおす。静かな殺気が立ち上り、周囲の空気が重苦しく変わった。

ニーナも鉄鞭《てつべん》の構えを引き締《し》めた。

「あの小鳥の群《むれ》のどれかが電子精霊《せいれい》だということはわかっている。理由がわかった以上……いや、わかっていなかったとしても、貴様《きさま》らに渡《わた》しはしない」

殺気が渦巻《うずま》く。見えない力が周囲に溢《あふ》れ、リーリンはそれに押された。

「くっ！」

（え？）

高まる闘争《とうそう》の気配の中、ニーナの顔が一瞬《いっしゅん》歪《ゆが》んだ。

だが、それがどんな意味を持つのか、リーリンにはわからなかった。わかることもできなかった。

次の瞬間には、ニーナと狼面衆との戦いが始まる。

「きゃ、あああああ！」

いきなりの暴風《ぼうふう》。リーリンは全身に風圧《ふうあつ》を受け、吹《ふ》き飛んだ。武芸者による技《わざ》と技、剄《けい》と剄のぶつかり合いが衝撃波《しょうげきは》を生んだのだ。

（落ちる）

強烈な風に舞《ま》い上げられたリーリンはそのことを意識《いしき》して身を硬《かた》くした。

「え？」

だが、衝撃が背中《せなか》を襲《おそ》うことも、痛打に息ができなくなることもなかった。

「大丈夫《だいじょうぶ》ですか？」

目を開けたリーリンの前にはロイの顔がいっぱいに映《うつ》っていた。

「え？　ええ？」

わけがわからず、混乱《こんらん》する。

空中で受け止められたリーリンは、ロイの手によって優《やさ》しく地面に下ろされた。

「なんで……あなた？」

「列から離《はな》れていくあなたが見えましたから、後を追ったんですよ」

言ったロイは険《けわ》しい顔をして、リーリンには目で追うこともできない戦いを見た。

「まさか、こんなことになっているなんて……」

マイアスの都市警察《けいさつ》で働く少年は、驚《おどろ》きと苦渋《くじゅう》で複雑《ふくざつ》に表情《ひょうじょう》を歪ませた。

「僕《ぼく》には、まるで立ち入れない戦いだ」

ロイには、戦いが見えているのだろうか？

「……見えているの？」

「ええ。凄《すさ》まじい戦いです」

ロイは平然とそう答える。

「そ、そうよ。ニーナはどうなってるの？」

一瞬の混乱を表に現《あらわ》さないようにして、リーリンは戦いの様子を尋《たず》ねた。

ニーナの戦いには電子精霊の、学園都市マイアスの運命がかかっているかもしれないのだ。

「……おそらく、あの女の人の方が優勢《ゆうせい》でしょう」

目を細めて、ロイが呟く。

「しかし、彼女の戦いだけにこの都市の運命を任《まか》せるわけにはいかない」

ロイはそう言い残すと、戦いにはそれ以上視線《しせん》を注がず歩き出した。

「どこに？」

「あの中に電子精霊がいるというのなら、あの群を閉《と》じ込《こ》めている仕掛《しか》けを壊《こわ》さなくては」

「あ、なるほど……」

ここにいても、リーリンにはなにもできない。戦いの音を背に、ロイの後を追いかけた。

戦闘に巻き込まれないよう、大回りをしてその場に向かうことになる。区画を潜《くぐ》り抜《ぬ》ける者を監視《かんし》する通行所はシャッターが降《お》りて無人になっていたが、ロイが非常用《ひじよう》の扉《とびら》を開けて通してくれた。

「もう、宿泊《しゆくはく》区画側からはシェルターに入れませんからね。あなたは後で別の入り口に案内します」

「あ、ありがとう」

「あなたのおかげで原因《げんいん》がわかったんですから、当然です」

ロイの事務《じむ》的な態度《たいど》は変わらない。通行所を潜り抜け、堀沿《ほりぞ》いに進むと目的の場所へと向かう。

「はっ、はぁ……遠い…………」

武芸者《ぶげいしゃ》のロイにはなんということのない距離《きょり》だったろうが、一般《いっぱん》人の、しかも得意分野にスポーツの類《たぐい》を入れることのないリーリンにはけっこうな距離だ。走りっぱなしでわき腹《ばら》が痛《いた》くなった。

「大丈夫ですか?」

「……なんとか」

息を荒《あら》げてすらいないロイを恨《うら》めしげに見上げる。

頭上では小鳥たちの群舞《ぐんぶ》が続いている。小鳥たちの放つ鳴き声は空を引き裂《さ》こうとするかのようだった。

　息を整えて、リーリンは周囲を見回す。

「機械的な物なら、この辺りに設置《せっち》されているはずよね」

「そうですね。そうであって欲《ほ》しいものです」

「とにかく、探《さが》しましょ」

　塀《へい》をまたいでもニーナたちが戦う戟音《げきおん》が聞こえてくる。リーリンとロイは二人してその場を探し回った。

　視界《しかい》にあるのはどこまでも続きそうな高い塀と、沿うように延《の》びる道、そして風除《よ》けの樹林《じゅりん》だけだ。リーリンは樹林の中に入り込み、枯《か》れ葉を蹴《け》散らしながらそれらしいものを探す。が、見つからない。

　少し離《はな》れた場所で同じように枯れ葉を蹴散らしているロイを見る。見つけた様子はない。

（もしかして……）

　と、思うことが一つある。

　だけど、ロイは都市警察の人間だ。そんなことがあるはずがない。

（とにかく、探さないと）

　いまは電子精霊《せいれい》を助け出すことが第一だ。そう考え直して、リーリンは集中した。

「ありました！」

叫《さけ》んだのはロイだった。見れば、塀に沿うようにしてある側溝《そっこう》の蓋《ふた》を開け、中を覗《のぞ》き込んでいる。

「おそらく、これがあの現象《げんしょう》を起こしている機械の一つでしょう」

底の浅い側溝に、リーリンが抱《かか》えられるぐらいの、小型の発電機のようなものが置かれていた。コードが側溝に沿って伸びている。

「壊したら、全部消えるかな」

「別に、壊さなくても」

ロイは側溝に伸びたコードを掴《つか》むと力任せに引きちぎった。火花と煙《けむり》、小さな雷《かみなり》が舌を伸《の》ばしてのたくったのは一瞬《いっしゅん》、すぐに小さな唸《うな》りを上げていた機械がそれを止めた。

「エネルギーの供給《きょうきゅう》を止めてしまえばいいんですよ」

パイプのように太いコードを引きちぎるなんて、リーリンに考えられるはずもない。どこか子供《こども》じみた得意げな顔をするロイを無視して、リーリンは空を見上げた。

羽音が爆発《ばくはつ》するように頭上で広がった。

電光が消え去ったのだ。行く手を遮《さえぎ》られていた小鳥の群《むれ》は四方に散らばり、離れた場所で再《ふたた》び合流した。

何羽かが疲《つか》れ果てたようにリーリンたちの周りに降りてくる。

「あ……」

その中に、リーリンの部屋に舞《ま》い込んできた一羽がいた。その小鳥だけ、頭の部分に冠《かんむり》のような金色の羽毛《うもう》があるからすぐにわかった。

その小鳥はまっすぐにリーリンの肩《かた》に止まり、羽を休めた。

「マイアス……」

呆然《ぼうぜん》と、ロイが小鳥を見てそう呼《よ》んだ。

「え？」

「それが、電子精霊マイアスです」

「この子が……」

肩に止まった小さな鳥が電子精霊。小鳥の群を電光が覆《おお》っていたのだから、もしかしてとは思っていたが……

「そう、なんだ……」

「そうです。ですから、早くマイアスを機関部に戻《もど》さなければ」

そう言って、ロイが手を伸ばす。

次の瞬間……

「っ！」

目を覆う閃光《せんこう》が走り、ロイが伸ばした手を引っ込めた。指先が黒く変色し、裂《さ》けた部分から赤黒いものが見え隠《かく》れする。

突然《とつぜん》、自分の肩で起こった異変《いへん》にリーリンは立ち尽《つ》くした。肩の上でかすかな重さが揺《ゆ》れている。小鳥が力を失って落ち、リーリンは慌《あわ》てて両手で受け止めた。

電子精霊が、ロイを拒否《きょひ》した？

「あなた……」

「くっ、まいりましたね」

痛《いた》みに顔を引きつらせながら、それでもロイはリーリンに手を伸ばす。

「電子精霊を渡《わた》してもらいましょうか」

「いやよ」

その手から逃《に》げるように、リーリンは後ろに下がった。

本来なら何も言わずに全力で逃げたいところだが、それをしたところですぐに追いつかれるのは目に見えている。

「あなたには、この子は渡さない。わたしが機関部に戻《もど》します」

「……都市外の人を機関部に案内できるわけないじゃないですか。さあ、早く」

それでも、リーリンはじりじりと後ろに下がり続けた。

「あなたは電子精霊に拒否された。それに、あなたはなにかを隠《かく》してる」

焦《あせ》る顔をしていたロイから、いきなり表情《ひょうじょう》が削《そ》げ落ちた。

「……どうして、わかりました？」

「……あなたに、あれが見えていたから」

小鳥の群を囲んでいた電光……リーリンには見えていたというのに、サヴァリスには見えていなかった。

そして、他の人たちもそれは同じように感じた。あんなに激しく光っていたというのに……汚染獣《おせんじゅう》に見つかった衝撃《しょうげき》のため、ということだけでは説明できない。

それならあれは、リーリンとニーナにしか見えていなかったのだ。

後は、仕掛《しか》けた当事者たちのみ。

「なるほど、失言だ」

無表情のままロイが呟《つぶや》く。

「あなたたちは……なんなの？」

「あなたこそ、なんですか？」

質問《しつもん》に質問を返され、リーリンは戸惑《とまど》った。

「勁脈《けいみゃく》を持たない、武芸者《ぶげいしゃ》でも念威繰者《ねんいそうしゃ》でもないあなたが、どうしてこの運命の輪の中にいる？　錬金術師《れんきんじゅつし》たちが作り出した、この、閉じた世界の中にいる？　ただの人の分際《ぶんざい》で」

「そんなこと……」

知るもんかっ！

そう叫《さけ》ぶのももどかしく、リーリンは全力で走り出した。

# 04　所持者なき剣《けん》

いつ破裂《はれつ》してもおかしくない緊張《きんちょう》がその場には張《は》り詰《つ》めていた。

数万人の全校生徒が集合することが可能《かのう》な広大な施設《しせつ》である大講堂《こうどう》と、野戦グラウンドとの違《ちが》いは、観客席に相当する空間がはるかに多いことだろう。

また、収容《しゅうよう》可能人数が完全機械化によってスムーズに変更《へんこう》できることにもある。入学式や卒業式等の全校生徒がほぼ義務《ぎむ》的に集まらなければならない場合には、階段状《かいだんじょう》になった床《ゆか》があるだけだが、放浪《ほうろう》バスで訪《おとず》れた著名《ちょめい》な人物による講演《こうえん》、あるいは会長選挙、あるいは都市内にある団体《だんたい》などの集会が行われる場合には、床から受講用の席がせり上がるようにできている。

現在《げんざい》、そこには床だけがあり、ひしめくようにして生徒たちが集まり、ざわついた空気が支配《しはい》していた。

そのざわつきが一瞬《いっしゅん》にして止まる。

演壇《えんだん》に人が現《あらわ》れたのだ。見事な銀の長髪《ちょうはつ》を揺らしながら供《とも》もなく現れたのは、生徒会長のカリアン・ロスだ。

演壇の前に立つと、その頭上にあった多角モニターにカリアンの姿《すがた》が映《うつ》し出された。

いつもの、どこか余裕《よゆう》のある笑《え》みは鳴りを潜《ひそ》め、険《けわ》しい表情となっていた。

その様子に、ひとまず黙《だま》っていた生徒たちがざわついた声の波を起こした。

「諸君《しょくん》……」

その波も、スピーカーで拡大《かくだい》されたカリアンの声でひとまず収《おさ》まる。

「前置きをしている時間はない、まず簡潔《かんけつ》に事実を述《の》べようと思う」

ここに集まる全《すべ》ての生徒が気になること、それは都市の外だ。

武芸大会に向けて行われていた対抗《たいこう》試合が終わってから、生徒会の動きが妙《みょう》に慌《あわただ》しくなった。

最初は別の学園都市が近づいてき、生徒会がそれを察知したのかと思った。

武芸大会……学園都市以外での都市ならば戦争と呼《よ》ばれるそれには、試合会場というものはない。相手の都市の全てが戦場であり、同時にこちらの都市のあらゆる場所が戦場となる。もちろん、都市運営《うんえい》に関《かか》わる重要施設《しせつ》を破壊《はかい》するような行為《こうい》は禁《きん》じられているし、戦闘《せんとう》協定によってそれ以外の非戦闘区域《くいき》も定められる。

「いまの内に大事な物は隠しておけよ。お前の部屋とか外縁《がいえん》部に近いからな、ぐちゃぐちやにされるぞ」

先輩《せんぱい》と後輩のそんなやりとりがあちこちで行われ、生徒たちも慌しく動き始めた。

しかし、それらの小さな騒《さわ》ぎが収まっても、一向に他の都市が姿を見せる気配はない。

やがて、武芸科の小隊がひそかに生徒会棟《とう》に集められたという噂《うわさ》が立った。その噂の後から、彼らの動きも慌しくなり……

様々な噂や憶測《おくそく》が流れるようになった。

いわく、宿泊《しゆくはく》施設に居座《いすわ》る謎《なぞ》の一団《いちだん》に脅迫《きようはく》されているのだ。

いわく、第十小隊が謎の解散《かいさん》をした事件《じけん》を追いかけているのだ。

いわく、汚染獣《おせんじゆう》が近づいているのだ。

「君たちの間で様々な憶測が流れているだろう。その中には真実もあり、勘違《かんちが》いなものもある。私は、それを明らかにしよう」

静まり返る大講堂の中でカリアンは小さく深呼吸《しんこきゆう》をすると、告げた。

「この都市はいま、汚染獣の群《むれ》の中にいる」

小さなざわめき以外、なにも起こらなかった。

悲鳴の一つも起こるかと思った……が、すぐに納得《なつとく》する。

誰もが、その危険《きけん》がもっとも有り得るものだと思っていたということだ。

カリアンが黙って言葉が浸透《しんとう》するのを待っていると、どこからかすすり泣きが聞こえてきた。

最初は、女生徒のものだった。だがすぐに男子生徒の押《お》し殺した泣き声も聞こえてくる。隣《となり》にいた友人や恋人《こいびと》たちと抱《だ》き合い、涙《なみだ》を流す姿がそこかしこに見られ始めた。学生にどうにかできる状況《じょうきょう》じゃない。

誰《だれ》もがそう思ったのだ。

カリアンはマイクの置かれた演壇に拳《こぶし》を叩《たた》き下ろした。激《はげ》しい音がマイクのハウリング音とともに大講堂に響《ひび》き渡《わた》る。

「諸君、絶望《ぜつぼう》するのは早すぎる」

泣き声は少しだけ止《や》んだ。

「確《たし》かに、我々《われわれ》は学生だ。未熟者《みじゆくもの》の集まりだ。だが、我々にも武芸者《ぶげいしゃ》はいる。都市の守護《しゅご》者たちはいるのだ」

次の瞬間、多角モニターから会長の姿が消え、新たな姿が現れた。

武芸長ヴァンゼを中心に並《なら》ぶ小隊長たちの姿がそこにはある。

「すでに、小隊クラスの武芸者たちには事情《じじょう》の説明は終えている。彼らは現状に絶望することなく、この困難《こんなん》に立ち向かうことを誓《ちか》ってくれた。そんな彼らを、命を投げ出す覚悟《かくご》でツェルニと我々のために戦ってくれる彼らを、君たちは絶望しきった表情で戦場に送り出すというのか？

そんなことは、断固《だんこ》として許《ゆる》されないことである！」

モニターが再《ふたた》びカリアンの姿を大写しにする。その厳《きび》しい瞳《ひとみ》は、大講堂にいる全ての生徒を射貫《いぬ》いていた。

大講堂《こうどう》から泣き声が止んだ。

「諸君……我々、一般人《いっぱんじん》は、ただ都市の外から襲《おそ》い来る脅威《きょうい》に対し、シェルターに閉《と》じこもるしか手段を持たない弱き存在《そんざい》だ。だが、だからこそ、我々は武芸者を信じなければならない。彼らを死ぬかもしれない場所に送り出すしかないのだから、我々にできるのはそれだけしかないのだから」

言葉の余韻《よいん》を確《たし》かめることもなく、カリアンは壇上《だんじょう》から去った。

「無茶《むちゃ》を言うものだ」

控《ひか》え室に戻《もど》ると、さきほど小隊長たちを引き連れてモニターに映《うつ》っていたはずのヴァンゼが待っていた。

「だけれど、あれが一般人たちにとっての真実だよ。武芸者の君にはわからないかもしれないがね」

「無力なのは、おれたちとて変わらん。それに、お前の演説《えんぜつ》は少なくとも武芸科の連中には通じていたようだがな」

大講堂には小隊員以外の武芸科生徒たちがいた。彼らは最初、嘆《なげ》き始めた一般生徒たちを前に、悔《くや》しそうに俯《うつむ》く者たちが多かった。

だが、演説の後は表情を引き締《し》め、壇上の生徒会長を見つめていた。

その視《し》線《せん》の塊《かたまり》を、カリアンは感じていた。

「これで、意思の統一《とういつ》ができれば上出来だよ」

涼《すず》しげに言って、カリアンはヴァンゼを眺《なが》めた。

「その様子では、ずいぶんとしごかれたようだ」

「あれほど厳しい訓練《くんれん》は初めて受けた。かなわんな、自分たちがまだまだ甘《あま》いのだと教えられるのは」

カリアンは小隊員たちに対汚染獣戦を学ばせるために、サリンバン教導傭兵団《きょうどうようへいだん》に教官を依頼《いらい》していた。

彼らに汚染獣の退治《たいじ》そのものを依頼したいが、前回での報酬額《ほうしゅうがく》を考えるとこれから幾度《いくど》戦うことになるかわからない現状《げんじょう》では迂闊《うかつ》に依頼できない。彼らは最も困難《こんなん》な場面で動いてもらわなければならない大切な駒《こま》だ。そのための資金は残しておかなくてはならない。

ならば、それ以外の場面では小隊員に戦わせなくてはならない。

そのために、彼らに小隊員を鍛《きた》えてもらうことにしたのだ。

ハイアたち傭兵団は、その依頼には汚染獣退治と比《くら》べればはるかに格安《かくやす》で応《おう》じてくれた。

「安全な仕事だから、当然のことさ〜」

と、ハイアは言っていたが、それが真実かどうかはカリアンにはわかりかねた。

「それで、なんとかなりそうかね？」

「レイフォンが時間を稼《かせ》いだのもあって連携《れんけい》の課題はクリアできた。が、彼らは満足していないだろうがな」

「しかし、それでやってもらわなければならない」

「わかっているさ。全力は尽《つ》くす」

「勝ってもらわなければならないのだけど？」

「勝つとも。おれ自身のためにもな」

拳《こぶし》を握《にぎ》り締《し》めるヴァンゼに、カリアンは微笑《ほほえ》んで見せた。

「武芸者の誇《ほこ》りにかけて、と言われるかと思ったが……うん、いいな。それよりもずっといい」

褒《ほ》めたのが意外だったのか、ヴァンゼは顔をしかめた。

「なんだい？　褒めたっていうのに？」

「お前が素直《すなお》にそんなことを言うこと自体が、気持ち悪いな」

「ふ、それはまだ、君が自分の言葉の意味を、自分自身で理解《りかい》していないからさ」

「なんだと？」

「……それはともかくとして、都市の運命は君たちの手に委《ゆだ》ねられたわけだ。頼《たの》むよ」

「わかっている」

硬《かた》い表情《ひょうじょう》のヴァンゼの肩《かた》を叩《たた》き、控え室の外に送り出す。

すでに、次の汚染獣《おせんじゅう》の襲来《しゅうらい》が近づいてきている。ヴァンゼたち小隊クラスの武芸者《ぶげいしゃ》にはギリギリまで傭兵団の教導を受けてもらうことになっている。

カリアンは時計を確認《かくにん》した。そろそろ、大講堂にいた人たちのほとんどが移動《いどう》を終えた頃《ころ》だろう。

休憩《きゅうけい》は終わりだ。

「さて……次の問題を片付《かたづ》けに行くか」

控え室を出たカリアンはその足で生徒会棟《とう》に向かった。

生徒会棟には仮眠室《かみん》がいくつかある。忙《いそが》しい時期に入れば徹夜《てつや》になる場合も多く、カリアンもよく使う。

その一つに、カリアンはノックして入った。

「……どういうつもりですか？」

地を這《は》うような低い声で、彼ははっきりと怒《おこ》っていることを示《しめ》した。

フェリが倒《たお》れたという報告《ほうこく》が来た時、カリアンは自分の判断《はんだん》が遅《おそ》すぎたことを悟《さと》った。

ニーナが姿《すがた》を消し、都市の暴走《ぼうそう》が止まらないとわかった時からサリンバン教導傭兵団に話をつけ小隊員たちの教導を依頼すると、フェリにレイフォンに協力するよう頼んだ。

レイフォンは放っておいても都市を守るために汚染獣と戦う。

それは、ニーナのことを告げた時に見せた顔からわかっていた。

だが、その暴走のままにレイフォン・アルセイフを使い潰《つぶ》すことをよしとはできない。

小隊員たちが汚染獣と戦うための訓練を、少しでも長く受けさせるための時間を稼いでもらう。

そうすることをあの一瞬《いっしゅん》で決め、そしてフェリにフォローを任《まか》せた。いや、フェリもまた好きにさせた。

タイミングを見計らって、二人には休んでもらう。

そう決めていたのに、カリアンの読みはわずかにずれた。

だが、決して取り返せない失敗ではない。

「口で言っても聞かないだろう？　休んでもらおうと思ってね」

ベッドの前にレイフォンが立っていた。

そのベッドでレイフォンは眠《ねむ》っていた。シャーニッド・エリプトンに渡《わた》した麻《ま》酔《すい》弾《だん》によって動きを止め、その後はこの部屋で医療《いりょう》科に処置《しょち》させ、一週間、強制《きょうせい》的に眠らせた。

その間に、今日のための準備《じゅんび》を進めたのだ。

「実際《じっさい》、君が寝《ね》ている間に診察《しんさつ》させたがね。この間の背中《せなか》の手術痕《しゅじゅつあと》、まだ完治してなかったそうじゃないか。武芸者であればすでに完治しているはずのものだと、私が怒《おこ》られたよ」

「かすり傷《きず》です」

「かすり傷も、治らなければ病の元だ。私は、いまは君に休息してもらうことに決めた。素直に従《したが》ってもらいたいね。その間はどうするか……すでに君も聞いたと思うけれど？」

仮眠室に置かれたモニターに視《し》線《せん》を移《うつ》す。いまは電源《でんげん》が入っていないが、大講堂《こうどう》での演《えん》説《ぜつ》を行っていた時は入っていたはずだ。

聞いていたはずなのだ、カリアンの言葉を。

「……あの中に隊長がいました」

整列した小隊長の映像《えいぞう》だ。

何も映《うつ》さないモニターを睨《にら》みつけ、レイフォンが呟《つぶや》く。その瞳《ひとみ》に宿るほんの少しの希望を踏《ふ》み潰《つぶ》さなければならないのかと思うと、罪悪感《ざいあく》がちらりとよぎる。

「記録映像だからね。ホログラフで処理させてもらった。ニーナ・アントークは相変わらず行方《ゆくえ》不明だ」

「っ！」

悔恨《かいこん》、焦燥《しょうそう》、苦渋《くじゅう》、自分への怒《いか》り……様々な負の感情がレイフォンの表情を暗く歪《ゆが》ませる。

カリアンはそれに引っ張《ぱ》られないよう、自分の心を強く押《お》しとどめてうな垂《だ》れるレイフォンを見つめた。

「……僕がこんなところでじっとしているなんて、許《ゆる》されないんです」

「誰が許さないのかね？　少なくとも私ではないと思うが？　もしかしてニーナ・アントークなのかな？　彼女は負傷者《ふしょうしゃ》を戦場に送り込むほど、君にとっては冷酷な隊長だったかい？」

「そんなことはっ!?」

「では、誰が君を許さない？　レイフォン・アルセイフ」

「それは……」

立て続けの質問《しつもん》にレイフォンが言いよどむ。

レイフォンを戦線に復帰《ふっき》させないために、カリアンは言わなければならない。

彼の精神《せいしん》的弱点を突《つ》かなければならない。

(この役目は、本来、彼女のものだと思うのだけれどね)

ニーナこそが、しなければならないことだ。

だが、おそらくそれは無理なのだろう。

彼女には、ではなく。

武芸者《ぶげいしゃ》にはできないのだろう。

「私しか君にこんなことを言う人間がいないというのは、不幸なことだと思うよ、君」

「なんですか……？」

身構《みがま》えるようにしてこちらを窺《うかが》うレイフォンと、ただ立っているだけの自分という関係は奇妙《きみょう》だ。

次の瞬間には自分の頭が消し飛んでいてもおかしくない状況《じょうきょう》で、なにをされるのか？　と怯《おび》えているのがカリアンではなく、レイフォンだとは……

だが、彼のこの弱点を是正《ぜせい》しなければ、ツェルニの明日はないのかもしれない。

「およそほとんどの武芸者は君に意見などできないだろう。なぜなら君が強すぎるからだ。強さというのは武芸者にとって最大の免罪符《めんざいふ》だ。強ければ多少の人格的《じんかく》問題は無視される。都市の運営に関わるような問題にでもならない限《かぎ》り、例えば、君がグレンダンでそうなったように」

「っ！」

なぜそのことを？　レイフォンの表情《ひょうじょう》はそう語っていた。だが、カリアンにとってみれば少し考えればわかることでしかない。ただ闇《やみ》試合に関わったというだけで、これほどの武芸者を手放す都市はないだろう。

「君は、自らの強さを持て余《あま》している」

それは、レイフォンの入学願書を見つけた時からわかっていた。一般《いっぱん》教養科。上級生になった時の志望《しぼう》学科を未定のままにしたその願書を見て、何者になることも決めていないことははっきりとわかった。

武芸者としてはおよそ最高峰《さいこうほう》に近い位置にいるというのに、そこではなにも求めない。学園都市で学べるものはないという考えならば、それは当たり前になるのかもしれないが、彼の場合は決して当たり前ではない。

知らされる。

グレンダンで目指した自らの向かう先を断《た》たれ、さらにそれが間違《まちが》っていたのだと思い

目的のないままに辿《たど》り着いたのが、この、学園都市なのだ。

「なぜならば、君には戦うべき理由がないからだ」

「そんなことは、最初からわかっていたはずじゃないですか。僕は、ここに武芸者として

入りたかったわけじゃない」

苛立《いらだ》つレイフォンの叫《さけ》びを真っ向から受ける。殺意に近い怒りが、言われたくないこと

を言われようとしていると本能《ほんのう》的に気付いていることを示《しめ》した。

「……それなのに、あなたが」

「その通り、ここで君に武芸者への道にむりやり押し戻《もど》したのは私だ。それに関して謝罪《しゃざい》

するつもりはない。君の力が必要なのは事実だ」

「ならっ……」

「だが、だからこそ、君にはもっと有効《ゆうこう》にその力を使って欲《ほ》しいと願う」

「有効ってなんですか!? ここで僕になにもしないで汚染獣《おせんじゅう》にみんなが食べられるのを待

ってろって言うんですか？」

「君が無理をして体を壊《こわ》せば、やはり同じ結果になる。君にいま必要なのは休養だ。話を

戻そう」

「話なんて……」

「逃《に》げるな、レイフォン君」

「逃げるって……そんなこと…………」

「自分の苦手な境遇《きょうぐう》に押し込められるのは誰《だれ》だって嫌《いや》だ。君にとっては私が押し込めた境遇そのものが不本意だったろう。君が、私が最初に仕入れた情報《じょうほう》をもとに予測《よそく》した人物像《ぞう》であったなら、ことはもっとうまく運んでいただろうし、君がここまで思い悩《なや》むこともなかった。だが、そうではない」

学費の全額免除《ぜんがくめんじょ》。カリアンが最初に予測した金銭《きんせん》に対して執着《しゅうちゃく》のある人物像であったなら、この提案《ていあん》に食いついたことだろう。むしろ、さらなる報酬《ほうしゅう》を求める交渉《こうしょう》にまで出ていたに違いない。

だが、レイフォンはそうすることはなかった。なぜ？　と疑問《ぎもん》に思ったがそれを知る機会はすぐには訪《おとず》れなかった。

レイフォン・アルセイフがどういう人物か？　カリアンの中で確信《かくしん》的な結論《けつろん》が出たのは違法酒騒《いほうしゅさわ》ぎの時のレイフォンの態度《たいど》からだった。

「…………」

「君は私の予想以上に純粋《じゅんすい》な人間だった。そして私の予測以上に自らの強さに理由を持たな過《す》ぎた」

あえて言葉を止め、軽い深呼吸《しんこきゅう》。間を持たせ、言葉を染《し》み込ませる。大講堂《こうどう》でも使った手だが、レイフォンに対しては別の意味を持つ。

とどめの一撃《いちげき》を待たされる敗者という意味。

「君は、自分の戦う理由を他者に預《あず》け過ぎた」

レイフォンの表情が引きつった。

「グレンダンで一度は失われた戦う理由を、君は誰に預けた？」

「違う、僕はみんなのために、それが僕のためになるって……」

「そう、不特定多数の人々のため。すばらしい考えだね。……だけど、顔も見えない誰かのために戦える人間が、本当にいると思うかい？　みんなとは仲の良い友人、恋人《こいびと》、それを囲む生活基盤《きばん》、そのことを指すものだ。君の言葉もまさしくそうなのだろう。だが、そう考える指針《ししん》を君に与《あた》えたのは誰だい？」

「あ……う……」

沈黙《ちんもく》。答えはもうわかっている。

幼生体襲撃《ようせいたいしゅうげき》以後から、レイフォンは試合に対してもその後の老性体《ろうせいたい》襲撃に対しても、積極的とは言わないまでも不満の影《かげ》を見せることなく対処《たいしょ》してきた。

誰がレイフォンをそうさせた？

そして、いまのレイフォンの焦《あせ》りと暴走《ぼうそう》はなにに起因《きいん》している？

その二つを合わせれば、答えは簡単《かんたん》だ。

「君はニーナ・アントークに戦う理由を預け過ぎた。そして、それを失うかもしれないからこそ、君はこんなにも落ち着かないのだ」

それは恋愛《れんあい》感情ではないだろう。

友情や仲間意識《いしき》でもないかもしれない。

ニーナ・アントークの持つ強い目的意識にレイフォンは引きずられ、そして取り込まれてしまったのだ。

「う……」

「君の暴走の理由は都市への危険《きけん》意識ではない。そして、これが重要だ。君がそんなにがんばったところで、ニーナ・アントークが姿《すがた》を現《あらわ》すということには繋《つな》がらない」

さらなる決定的な一言。レイフォンは体をふらつかせ、ベッドに腰《こし》を下ろした。

やりすぎたかと、後悔《こうかい》する。だが、この状況《じょうきょう》で彼の弱点を突《つ》く以上、どんな方法だろうとやりすぎにしかならない。手心などを加えてしまえば、逆《ぎゃく》に怒《いか》りを買ってしまうだけの結果に終わる場合もあった。

「……ニーナ・アントークの行方《ゆくえ》はいまだ不明だ。どうすれば彼女が戻ってくるのかもわからない。その彼女が戻る場所を、本当に守り続けたいと願っているのなら、私たちの言葉も聞いてもらおう。君が戦わなければならない状況は必ずくるのだからね」

肩《かた》に手をかける……そんな慰《なぐさ》めもせず、カリアンはレイフォンに背《せ》を向けて部屋を出た。

「だが、できるなら……」

扉を出てからの呟《つぶや》きは途中《とちゅう》で飲み込んだ。その願いが叶《かな》ってほしいとは思うが、カリアンにはどうしようもないことだからだ。

†

部屋の鍵《かぎ》はかけられなかった。いざとなれば出られるということだが、レイフォンはベッドに腰を下ろしたまま動くことはなかった。

ニーナに依存《いぞん》している……？

違《ちが》うと言いたい。だが、ニーナの決定に従《したが》ってきたのは事実だ。

(だけど、それは隊長だから……)

そう思うのは言い訳《わけ》なのだろうか？　第十七小隊の隊員として隊長であるニーナの決定

に従うことは間違いだとでも言うのか？

そのこと自体は間違いではないと思う。

（でも、そうなのかもしれない）

グレンダンから追い出された時、院の子供《こども》たちに裏切《うらぎ》り者《もの》の目で見られたことはショックだった。戦う理由をその時に失ったのは確《たし》かだ。自分がいままでしてきたことを否定《ひてい》されて、武芸《ぶげい》への道を歩くことに馬鹿馬鹿《ばかばか》しさを感じ、学園都市へとやってきた。

なにになりたいのかも、どうしたいのかもなかった。

なにもかもを投げ出して、どうでもいいと思っていた。ツェルニに幼生体が襲《おそ》ってきた時も最初は戦うことなくシェルターに逃《に》げようとしたぐらいだ。

そうしなかったのは……

（リーリンの手紙を読んだからだけど）

それだけじゃない。リーリンの手紙はレイフォンが行動を起こすために必要な火種だった。自分がグレンダンでしたことがまるきり無駄《むだ》ではなかったと知った嬉《うれ》しさ。武芸を志《こころざ》したレイフォン・アルセイフの肯定《こうてい》。

その火種で燃《も》え上がったのは、なんだ？

都市を守るという武芸者としての律《おきて》？

そんなものは、初めからなかった。

グレンダンで汚染獣《おせんじゅう》と戦ったのは、それがお金になるからで、そのお金で院を豊《ゆた》かにできるからだ。

では、ツェルニを守ると決めた理由は？

メイシェンたちの望む未来を守るため、その輝《かがや》きをなくさなければ、自分もいつかその中に入っていけるような気がしたから。

そう思うようになったのはどうしてだ？

『わたしたちの力はなんのためにある？』

力強い、その問いかけ。

失った行き先を見つけたような、その背を追いかけていけば届《とど》くような、そんな気がしたのだ。

それも見失って……

「でも、じゃあ、どうすればいいんだ……？」

頭を抱《かか》えてレイフォンは呟いた。

それがわからないからこそ、ニーナの背を追いかけていたというのに。

†

頭皮の上に大粒《おおつぶ》の汗《あせ》が浮《う》いている。

拭《ぬぐ》いたくても拭えない苛立《いらだ》ちに、ヘルメットの頭部をごつりと殴《なぐ》る。

「あ～、落ち着かね」

この場にいる全員の気持ちを代弁《だいべん》するようにシャーニッドは呟いた。

シャーニッド自身、都市外用装備《そうび》でここまで外に出たのは三度目だ。他では武芸科の授《じゅ》業《ぎょう》で都市外装備のレクチャーを受けたり、実際《じっさい》に都市の外に出たりもした。

だが、ここまで都市から離《はな》れたのは、他の連中は初めての経験《けいけん》だろう。

実戦も初めてのはずだ。

シャーニッドも初めてのようなものだ。以前は老性体《ろうせいたい》という都市を襲った時の幼生体《ようせいたい》よりもはるかに強力な個体《こたい》だったが、シャーニッドが請《う》け負ったのは牽制《けんせい》のような、仕留《しと》めるための段階《だんかい》を踏《ふ》むための作業のようなことでしかなかった。

あの、強力なプレッシャーを経験したことだけでも意味があるのかもしれない。

「まぁ、そんな善意《ぜんい》的解釈《かいしゃく》でもしてないとやってられねぇ」

「……なにをぶつぶつ言っている？」

側《そば》に控《ひか》えるダルシェナの呆《あき》れた声がくぐもって届《とど》いた。念威《ねんい》繰者《そうしゃ》の仲介《ちゅうかい》がなくても届く距離《きょり》だ。

「戦《いくさ》を前にセンチになってる自分を演出《えんしゅつ》しているのさ」

「それなら黙《だま》って恋人《こいびと》の写真でも見ていろ」

「手軽に持ち歩ける数じゃねぇからなぁ」

「一度死んだほうがいいと思うぞ。もう何度も言ったが」

ダルシェナの頭部を覆《おお》うヘルメットが吐息《といき》で揺《ゆ》れる。そんな彼女も剣帯《けんたい》に納《おさ》まった錬金《ダイ》鋼《ト》から手が離《はな》せない様子だ。

「初陣《ういじん》にはちょうどいいのが来たさ」

荒野《こうや》へと出る数日前、訓練《くんれん》を終えた対汚染獣特別編成《へんせい》部隊と銘打《めいう》たれることとなったシャーニッドたちは、散々に打ちのめされた後、ハイアにそう告げられた。

「一体。現《げん》段階で判明《はんめい》してるままなら成体になりたての第一期さ～」

ハイアは気軽に言っていたが強さがどうなんて関係ない。

初陣だということが重要だった。

それは、ハイアもわかっているらしい。

「くたびれた犬みたいな顔してるんじゃないさ。やっちまえばなんだって一緒《いっしょ》さ。死にたくなければ目の前の汚染獣のことだけ考えてればいい。だ、け、ど、間違《まちが》ってもテンパって味方の背中《せなか》は切るなよ」

笑ったのは、傭兵団《ようへいだん》の連中だけだった。

「馬鹿《ばか》みたいに気負ったってできることには限界《げんかい》があるさ。自分の実力を出すためのベストの精神状態《せいしんじょうたい》に持っていくのが、一流の武芸者《ぶげいしゃ》ってもんさ〜」

「そうは言っても、そう簡単《かんたん》にできるもんじゃねぇよな」

都市外装備は授業でレクチャーを受けた時のものよりも遥《はる》かに軽い。崩壊《ほうかい》した都市を調べに行った時のものと同じだ。

通気性もいい。

そのはずなのに、暑い。喉《のど》が渇く。ヘルメットの内部にはストローがあり、それをくわえればすぐに水分補給《ほきゅう》ができるようになっている。それを飲みたい誘惑《ゆうわく》にかられる……が、なんとか堪《こら》える。

「弱気だな」

ダルシェナが鼻で笑う。

「強気でいられるシェーナが羨《うらや》ましいね。どうすりゃそんなに自信満々でいられるんだ？」

「武芸者としての意地だ。弱さなど、そう簡単に人に見せられるものか」

「そんなもんかね」

「そういうものだ。だいたい、お前は武芸者としての心構《こころがま》えができていない。武芸者というものは都市を守るため、全力を尽《つ》くすのが当たり前だ」

「当たり前……ね」

それはそうだろう。実際《じっさい》、汚染獣《おせんじゅう》に対抗《たいこう》するためには武芸者が戦うしかない。都市の外縁部《がいえんぶ》に隠《かく》されている非常防衛線《ひじょうぼうえいせん》にはミサイル等の重火器があるにはある。汚染獣の硬《かた》い鱗《うろこ》もミサイルの前にはひとたまりもないはずだ。

だが、それには限界がある。一度に保管《ほかん》できる数という限界もあるが、汚染獣に襲《おそ》われるたびにミサイルを乱発《らんぱつ》していては、都市の物資《ぶっし》があっという間に尽きてしまう。ミサイルはあくまでも非常手段《しゅだん》という場所からは抜《ぬ》け出ない。

そうなると、最も経済《けいざい》的にして強力な戦力としてはやはり武芸者しかいない。

（当たり前っていうよりは、それ以外の選択肢《せんたくし》なんてねぇって感じだと思うけどよ）

しかし、そんなことをいま口にしたって、初陣で腰《こし》が引けている連中の弱気を後押《あとお》ししてやるだけにしかならない。

そういう連中の腹《はら》を据《す》わらせるには、やはりダルシェナのような強気の態度がいいのだろうな、とは思う。

だけれど、それでは心が決まらない奴《やつ》だっているのだ。

「都市のためね……そんなもんよりは誰《だれ》かのためってのがやっぱ一番わかりやすいと思うぜ。例えばおれなら、恋人のためとかな」

「ならやはり、写真を全《すべ》て持ち歩くんだな」

「……お前の写真を持てるなら、他のはいらないぜ」

「やはり、死ね」

「冷たいねぇ、今生《こんじょう》の別れになるかもしれないのによ」

「お前ならゴキブリのようにしぶとく生き残るに決まっている」

冷たく言い捨《す》てて去るダルシェナに、シャーニッドは肩《かた》をすくめた。

少し離《はな》れたところで一人黙《だま》り込《こ》んでいたナルキの許《もと》へと向かうダルシェナを見送り、シャーニッドは腕《うで》の時計を確認《かくにん》した。

念威繰者《ねんいそうしゃ》たちが予測《よそく》した到着時刻《とうちゃくじこく》まで、それほど時間はない。

「さて……ではご希望通り、しぶとく生き残るためにがんばるとしますか？」

念威繰者の声がその場に待機していた特別編成隊全員に届《とど》いたのは、そのすぐ後のことだ。

全員が錬金鋼《ダイト》を復元《ふくげん》し、息を飲む音が小波《さざなみ》のように広がった。

戦闘《せんとう》が、始まる。

†

戦闘が開始したことはツェルニにも知らされた。

学園に残った武芸科生徒たちにも召集《しょうしゅう》がかけられる。特別編成隊が汚染獣を駆逐《くちく》できなかった場合、彼らが最後の盾《たて》となる。

緊張《きんちょう》した顔で外縁部に集結する武芸科生徒たちを尻目《しりめ》に、レイフォンは一人、生徒会棟《とう》の屋上にいた。そこからの光景では、都市はあくまでも平和なままだった。

ただ、空気にいつものような活気はない。いつでもシェルターに駆《か》け込《こ》めるように、一般《いっぱん》生徒たちが息を潜《ひそ》めてじっとしているからだ。

剣帯《けんたい》に錬金鋼《ダイト》はない。食事を持ってきてくれた生徒会の生徒に返してくれるように言うと、会長が預《あず》かっていると返された。青石錬金鋼《サファイアダイト》に簡易複合錬金鋼《シム・アダマンダイト》、複合錬金鋼《アダマンダイト》、全《すべ》てだ。

会長はとことんレイフォンになにもさせないつもりらしい。

（本気なんだ……）

この時になってもレイフォンに錬金鋼《ダイト》が返却《へんきゃく》されないということは、彼は本気でこの戦いでレイフォンを使う気がないようだ。

そのことに微《かす》かな苛立《いらだ》ちを覚える。なにもできないという状況《じょうきょう》にこそ、一番怯《おび》えてしまうのだと最近気付いた。

「逃《に》げられないのかな……？」

逃げて、なにをする？　メイシェンには今期がすぎればカリアンも生徒会を引退《いんたい》、卒業となるから一般教養科に再《さい》転科すると言ったけれど、あの時の自信はもうない。

「僕《ぼく》はもう、剣を握《にぎ》らないとなにもできない人間になっているのかな？」

あるいは、武芸者《ぶげいしゃ》として生まれた時から。

「どう思います？」

背後《はいご》を振《ふ》り返る。

そこには、フェリが立っていた。

「そんなこと……」

フェリの顔は、まだ青白いままだった。もしかしたら念威の使いすぎで剄脈疲労《けいみゃくひろう》を起こしているのかもしれない。ニーナが以前に倒《たお》れたのと同じ病だ。

「無茶《むちゃ》につきあわせてしまって、ごめんなさい」

フェリは黙《だま》って首を振《ふ》った。

屋上の風を受けてフェリの髪《かみ》が舞《ま》う。それを押さえる手で視線《しせん》を外して、レイフォンの隣《となり》にやってきた。

その腰《こし》には剣帯そのものがない。

「病院で取り上げられました。外出許可《きょか》は下りたのですが、念威の使用は禁《きん》じると」

「そうですか……」

「なくても使えますが？　戦場までなら端子《たんし》なしでも念威を飛ばせます。その後は、そこら中に端子が散らばっているでしょうから、それらをいくつか拝借《はいしゃく》すれば、フォンフォンの行動をサポートするには十分な態勢《たいせい》が整えられます」

髪を押さえ、外縁《がいえん》部を見つめたままフェリが言った。

どういうつもりなのかとフェリを見る。返事をする前にフェリはさらに言葉を続けた。

「そんな苦労をする必要もないですね。わたしの錬金鋼《ダイト》の位置はわかっているんです。それを遠隔《えんかく》復元させればもっと簡単《かんたん》です。汚染獣《おせんじゅう》の鱗《うろこ》の数まで数えてみせます」

「フェリ……」

「どうしますか？」

髪を押さえる手をそのままに、フェリが体ごとこちらを向いた。問いかけるその銀色の瞳《ひとみ》に、一瞬《いっしゅん》、飲まれた。

「あなたが望むのなら、わたしはそうします。誰に命じられたわけでもない。誰に強制《きょうせい》されたわけでもない。この都市のためでもない。わたしは、わたしの気持ちに従《したが》って、あなたの行動を後押しします」

手伝ってくれると言うのだ。

でも……

「やめておきます」

「どうしてです？」

「フェリ、まだ完治していないんでしょ？　無茶はさせられませんし、それに……」

「それに？」

「自信をなくしてます。いまは剣を持てない」

今度はレイフォンが視線をそらせた。カリアンの判断《はんだん》は正しいのだ。いまのレイフォンが錬金鋼《ダイト》を持っていたとしてもろくな働きはできない。

だけど、持っていたら動こうとしたかもしれない。フェリの言葉に魅力《みりょく》を感じたのは事実なのだ。彼女の体調が決してよくはないということがわかっているのに。

「……そうですか」

フェリの声に失望の色はなかった。

「正直なところ、少し寂《さび》しいですね」

「え？」

再《ふた》び、フェリは外縁部を見た。念威《ねんい》を使わない彼女の瞳はどこまで遠くを見ることができるのか、額《ひたい》に小さなしわを作ってそう言った。

「念威を使わないでいられないって、前に言いましたよね。本心では、わたしは念威繰者《そうしゃ》をやめていたいのに、体はそれを許《ゆる》してくれない。それにとても腹《はら》が立っていたって。わたしをむりやり武芸《ぶげい》科に入れた兄にも」

確《たし》かにそう聞いた。

「だけど、使わなくていいと言われると、寂しいと感じてしまいました。それが一時のことでしかないってわかっているのに」

遠くを見つめるその瞳は、本当に、なにかを失って呆然《ぼうぜん》としているようにレイフォンには映《うつ》った。

「フォンフォン、わたしたちは戦うための体を持っています。それは覆《くつがえ》しようのない事実

です。だからこそ、わたしたちは戦わないといけないのか、それとも戦わなければならないから戦うのか……どちらなのでしょうか？」

「そんなこと……」

わかるわけがない。

「でもきっと……」

フェリの視線は外縁部を見つめている。

「あそこにいる人たち。わたしたちなんかより遥《はる》かに弱い力を持ったあの人たちは、その答えを持っているのでしょうね」

幼生体《ようせいたい》にさえ苦戦するような未熟《みじゅく》な武芸科生徒たち。

それなのに、この状況《じょうきょう》で逃《に》げることなく、戦いを放棄《ほうき》することなくあの場に集まっている武芸者たち。

「わたしたちは、取り残され続けるのでしょうか？」

「もし、そうだったとしたら僕たちは……」

暗い未来が目の前に浮《う》かんだ。それを振《ふ》り払《はら》いたいのに振り払えないでいる。

「悔《くや》しいですけれど……あの人はわたしたちに必要な人なんですね」

ニーナ・アントーク。彼女の愚《おろ》かなまでのまっすぐさはレイフォンやフェリにはないものだ。

なにより……フェリはわからないけれど……レイフォンが彼女に惹《ひ》かれているのは、自分のまっすぐさを維持《いじ》するための強さを自分自身で持っていないからではないだろうか？　進みたい方向はわかっているのに、迷《まよ》い、悩《なや》み、倒《たお》れる。そんな彼女だからこそ、レイフォンは彼女の進む道を追いかけてみたくなるのではないだろうか？

「帰ってきて、欲《ほ》しいですね」

「そうですね」

フェリの言葉に頷《うなず》いた、その時……

空気が、確かに変わった。

危険《きけん》は全身に大穴《おおあな》を空けるようにしてレイフォンを貫《つらぬ》いた。

「え？」

「っ！　建物の中に、急いで！」

呆然とするフェリを背後《はいご》に押《お》しやり、空を見上げる。

頭上の空で、空気が渦《うず》を巻《ま》いたのだ。

エア・フィルターの向こう側の空ではない。

内側の、気流が完全にコントロールされた空で、だ。

空を裂《さ》いて、突然《とつぜん》に、その巨大《きょだい》な質量《しつりょう》はレイフォンの眼前《がんぜん》に、なんの準備《じゅんび》もしていない場所を突《つ》いて現《あらわ》れた。

「汚染獣《おせんじゅう》……」

逃げるタイミングを失ったフェリが呆然と立ち尽《つ》くして呟《つぶや》く。

「……最悪だ」

記憶《きおく》の疼《うず》きが死を感じさせた。

トカゲに似《に》た胴体《どうたい》に太い後足、対照《たいしょう》的に短く細い前足。長い首の先にあるのは攻撃《こうげき》的な鋭角《えいかく》を宿した頭部。天を衝《つ》く角。その巨体を空中で支《ささ》える広大な翼《つばさ》。

全身を覆《おお》う、黴《かび》の生えた鉄のような色をした鱗《うろこ》。

老性体《ろうせいたい》。もう、何期かすらも判然《はんぜん》としないほどに古びた体軀《たいく》の老性体は、その場に留《とど》まり、足下の都市を睥睨《へいげい》している。

かつて、レイフォンを含《ふく》めた天剣授受者《てんけんじゅじゅしゃ》が三人がかりで倒《たお》すに至《いた》ったあの老性体よりもずっと古さを感じさせる。

（勝てない）

ただそこにいる……それだけで全身を圧迫《あっぱく》する存在感《そんざい》に、レイフォンは本能《ほんのう》で悟《さと》った。

天剣を持っていたとしても勝てるとは思えない。

（そうだ。間違《まちが》いなくこいつこそが……）

グレンダンの女王、アルシェイラ・アルモニスが倒すべき汚染獣だ。


「人よ……境界《きょうかい》を破《やぶ》ろうとする愚かなる人よ。なにゆえこの地に現れた？」


さらに、信じられない事実を天は振り下ろしてきた。

「汚染獣が……喋《しゃべ》った？」

「足を止め、群《むれ》の長は我《わ》が前に来るがよい。さもなくば、即座《そくざ》に我《われ》らが晩餐《ばんさん》に供《きょう》されるものと思え」

レイフォンの声は届《とど》かず、古びた汚染獣はその声を都市中に降《ふ》り注がせる。深い知性と激《はげ》しい怒《いか》りを乗せながらも威厳《いげん》を保《たも》つその言葉で全身が痺《しび》れる。

そして、その声に呼応《こおう》するかのように、都市が足を止めた。

都市全体を震《ふる》わせる金属《きんぞく》の軋《きし》む音に、汚染獣は頷《うなず》いたように見えた。

「それでよい。使いは、すでに向かわせた」

その言葉を最後に、汚染獣の姿《すがた》はその場から消えうせた。

# 05　箱庭世界の中心

見知らぬ都市を走り続けるリーリンにあてなどあるわけもなく、また走り続けているために消費される体力に底が見えてきたために、足を止めざるを得なかった。

「はっ、はぁ……」

荒《あら》い息。新鮮《しんせん》な空気を求めて肺《はい》が痛《いた》み、わき腹《ばら》が捻《ねじ》られたようだ。

「ちょっと……運動不足かな……わたし」

長い間、放浪《ほうろう》バスの中で座《すわ》ってばかりの毎日だったということもあるだろうが、基本的《きほん》に運動全般《ぜんぱん》は苦手なのだ。なおざりにしてきたツケをここに来て請求《せいきゅう》されたようで、苦笑《くしょう》のしようもない。

「おやおや、もう終わりですか？」

正確《せいかく》に、リーリンの歩幅《ほはば》で十歩後ろ。その距離《きょり》に立ち、ロイはくぐもるような笑い声を零《こぼ》した。

その距離を維持《いじ》したまま、ずっと追いかけ続けていたのだ。

「ごめんなさいね。体力には不自由しているもので……」

「そのようですね。運動した方がいいですよ。ダイエットにもなる」

「……それは余計《よけい》なお世話よ」

「失礼」

声を殺して笑うロイにはもはや、最初に見た育ちのいい好青年の顔はなかった。奇妙《きみょう》なひきつりを見せる頬《ほお》、いやらしく笑う目には嫌悪《けんお》感しか湧《わ》かない。

「そろそろ観念して、それを渡《わた》してくれるとうれしいのですが？」

リーリンの手にはマイアスという、この都市と同じ名をした小鳥、その姿をした電子精《せい》霊《れい》がいる。

飛んで逃《に》げてくれればリーリンの足で逃げるよりもはるかによかったのに、小鳥はリーリンの手の中で眠《ねむ》るようにしたまま動かない。

「無駄《むだ》ですよ。あの結界の中でエネルギーを浪費《ろうひ》してしまいましたからね、機関部で補充《ほじゅう》しない限《かぎ》り、まともに動けもしない。虫の息というやつですよ」

「……電子精霊が死んだら、都市がどうなるかわかっているの？」

電子精霊の死は、そのまま都市の死に繋《つな》がる。動くことを止めた自律型移動都市《レギオス》は汚染《おせん》獣《じゅう》から逃げられない。

いずれ、食われてしまうことになる。

一瞬《いっしゅん》で頭に浮《う》かんだその未来に、リーリンは震《ふる》えた。

「そうまでして、あなたたちは、狼面衆《ろうめんしゅう》はなにがしたいの？」

「あなたが武芸者《ぶげいしゃ》なら、ことは簡単《かんたん》なのですがね」

ロイの手にいつの間にか、あの仮面《かめん》が握《にぎ》られていた。

「これを被《かぶ》れば、イグナシスの望む世界を見ることができます。イグナシスの夢想《むそう》を共有することができるのですよ」

仮面を半分だけ被ったロイは陶然《とうぜん》とした表情《ひょうじょう》で言った。

「多くの武芸者が夢想を共有することができた時、世界平和が実現《じつげん》するでしょう」

これほど説得力のない顔も珍《めずら》しい。薄《うす》ら笑いを浮《う》かべたロイからは嘘《うそ》の空気しか感じられない。

「汚染獣と武芸者による宿命的な戦いをこの世界から終焉《しゅうえん》させるために必要なものなのです。そのためには電子精霊が複数《ふくすう》いる仙鶯《せんおう》都市に行かなければならない。その縁《えん》を繋ぐためここに来た」

「縁って、なんなのよ？」

「電子精霊にのみあるネットワークであり、系譜《けいふ》を示《しめ》す血脈《けつみゃく》でもあるのですよ。これによって、電子精霊は他の都市が自分と同種であるかどうかを確認《かくにん》する。シュナイバルとマイアスは同じ系譜に存在《そんざい》する都市です。だから、マイアスを捕《と》らえ、その縁を得なくてはいけない」

「……そのために、この都市がどうなってもいいって言うの？」

「そうですね、必要悪というやつですか」

「あなたは、この都市の住人でしょう？」

「そうですね。それが？」

「……この都市がなくなるかもしれないというのに、なにも感じないの？　武芸者でしょう？」

「……くっ、くくくくくく……………」

リーリンの言葉のなにが引っかかったのか、ロイはいきなり全身を震《ふる》わせて笑った。

「知ったことか」

そして吐《は》き出された言葉。

「あなたは学園都市というものをどう考えているのかな？　他の都市と同じに考えているのではないかな？　そんないいものじゃない。ここは終《つい》の棲家《すみか》ではない。ここに来る誰もが通り過《す》ぎてしまう場所だ。わずか数年間を生きるだけの場所だ。学習と研究にのみ時間を費《つい》やすにはここほど優《すぐ》れた場所もないが、だが、そんなものは他にもある。ここに、守るための価値《かち》はない」

「よくもそんなことを……ここには、一般《いっぱん》の学生だってたくさんいるのに」

「武芸者の律《おきて》かい？　そんなもの！」

嫌悪《けんお》の表情で吐き出す。

「そんなものになんの意味がある？　恐怖《きょうふ》を！　苦痛《くつう》を！　練武の地獄《じごく》を！　全《すべ》て僕《ぼく》たちに任《まか》せてのうのうと生きているだけの無力な下種《げす》たちめ！　あんな奴《やつ》らが生きていようと死んでいようと知ったことか！」

ロイの顔は憎悪《ぞうお》でさらに醜《みにく》く歪《ゆが》み、興奮《こうふん》していた。

「人の苦労も知らず、結果だけを覗《のぞ》き見て、奴らは！　あいつらは！」

誰《だれ》に向かっての憎悪なのか、誰に向けての怒《いか》りなのか、顔面の全てを狂《くる》おしく広げきってわめき散らすロイの顔が、もはや人間には見えなくて、リーリンは後ずさった。

だけど、いまの言葉……なにかがひっかかる。

それを見つけなければいけない。それが打開策《さく》になるはずだった。

（武芸者を理解《りかい》するためには……）

最も身近にいた武芸者を、レイフォンを思い出す。

レイフォンはどうだった？

じりじりと距離《きょり》を詰《つ》められながら必死に考える。その手には電子精霊《せいれい》がいる。守らなければいけない。電子精霊の死は都市の死そのもの。それを常《つね》に守っているのが、守ってくれているのが武芸者なのだ。

（あ……）

その瞬間、リーリンは理解した。

「……なるほど」

足を止め、リーリンは笑った。むりやりだったから、顔のあちこちがひきつっている。

それでも、笑って見せた。

「それがあなたの、理由なのね」

「そう言ったでしょう」

「違《ちが》うわ」

少しずつ、自分のテンションを持ち上げていく。追い詰められている者から、追い詰めて行く者に。精神状態《じょうたい》から攻守《こうしゅ》の立場を変えなければいけない。

「マイアスを捨《す》てた理由じゃない。あなたが、そんな風に落ちぶれた理由よ」

「貴様《きさま》っ！」

ロイの張《は》り上げた声には音以上の威力《いりょく》があった。リーリンは全身を強風に打たれたような感じがして、その場に転がる。

転がって、笑った。

あざけるように。

「痛《いた》いところを突《つ》かれて、本性《ほんしょう》が出たの？　弱いものいじめしかできない惨《みじ》めなあなたの本性が？」

「なっ、く……」

「あなたが言った言葉よ。恐怖、苦痛、練武《れんぶ》の地獄……練武の地獄って、訓練の激《はげ》しさのことでしょう？　それは簡単《かんたん》ね。なら、後二つはなんなのかしら？　恐怖と苦痛。なにに対してあなたはそう感じたの？　人にわかってもらいたいのなら、あなたはもっとわかりやすく表現《ひょうげん》したはずじゃないかしら？」

「わかってもいないのに、適当《てきとう》なことを言うね、君は」

「適当？　そう思う？」

立ち上がりながらリーリンは問いかける。答えは沈黙《ちんもく》。もう、激昂《げっこう》してなにかをしてくるようなことはなかった。

いま、ロイはプライドの維持《いじ》と自分の弱点を突かれるかもしれない恐怖の狭間《はざま》で揺《ゆ》れているはずだ。

そこを突かれることでロイがどうなるか。それは正直なところ自信がない。危険《きけん》な賭《か》けだとは思う。

(だけど、わたしの武器はそれしかない)

それに……

「苦痛は、もしかしたら練武の地獄にかかっているのかもしれないわね。養父さんの道場の稽古《けいこ》は激しくて、最後にはみんな立ってられないくらいになるもの。なら、恐怖ってなにかしら? 武芸者が恐怖を感じるようなもの。同じ武芸者との試合? それも怖《こわ》いかもしれない。戦争? 殺し合いは怖いわよね。でも、都市警察《けいさつ》で隊長になれるくらいだし、頼《たよ》られていそうだったから優秀《ゆうしゅう》なのよね? それなら、同じ武芸者同士の戦いにはそんなに怖さは感じていなかったんじゃないかしら? そうなると、残るのは……」

考える仕草でそらしていた視線《しせん》を、ロイに戻《もど》す。

あからさまにロイの表情《ひょうじょう》はひきつり、全身が震《ふる》えていた。

「あなた、汚染獣《おせんじゆう》から逃《に》げたわね」

断定的《だんてい》に、責《せ》めるように言ってみせた。

「汚染獣を目の前にして逃げたのよ」

「ひっ……あ、あ、あああああああああああああああああああああ!!」

突然《とつぜん》、ロイはその場に頭を抱《かか》えてうずくまった。

「くそっ！　くそっ！　くそぅぅぅぅぅ!!　あいつらめ、あいつらめ！　掌《てのひら》を返したように馬鹿《ばか》にしやがって！　あれが……あれがどれだけ恐《おそ》ろしいかも知らないくせに！　見たこともないくせに！」

正解だったようだ。しかも、リーリンの想像《そうぞう》を超《こ》えて、この事実はロイにとってトラウマになるような過去《かこ》であったようだ。

汚染獣から逃げ出した。

おそらくは、汚染獣を迎《むか》え撃《う》つ場面でだろう。初めて見る汚染獣に恐怖《きょうふ》して、ロイは逃げ出したのだろう。

武芸者として生まれた時から都市を守るために戦うことを義務《ぎむ》付《づ》けられ、その見返りとして豊《ゆた》かな生活を保障《ほしょう》されながら……

（レイフォンは、豊かな生活なんてしてなかったけれど）

グレンダンは武芸者の数が多い。そのため、武芸者として生まれただけでは最低限《げん》の保《ほ》証金《しょうきん》しか支給《しきゅう》されない。その代わり、実力を示《しめ》せば保証金の額《がく》は驚《おどろ》くほどに跳《は》ね上がっていく。その保証金を院に回していたため、レイフォンの生活はリーリンたちと変わらなかった。貧《まず》しい中で一緒《いっしょ》に育ってきた。

それでも、レイフォンは逃げなかった。

あの強さにごまかされてきたけれど、本当はレイフォンだって怖かったに違いない。怖い思いをしながら、それでも足りなくて闇《やみ》試合になんて手を出しながらリーリンたちを養うためにがんばってくれたのだ。

(それに比《くら》べたら、この人は……)

なんて、弱いのだろう。

弱いことが罪《つみ》だとは思わない。だけれど、その弱さに負けてしまったら武芸者も普通《ふつう》の人もなにも変わりはないのだ。

「許《ゆる》さない……」

ロイの声が地面を這《は》うようにして吐《は》き出された。

「許さないぞ、女。ただの一般《いっぱん》人の分際《ぶんざい》で、この僕を愚弄《ぐろう》するとは……」

次の瞬間《しゅんかん》、ロイはうずくまった姿勢《しせい》から一気に飛び掛《か》かった。

武器《ぶき》は必要ない。

使うのは拳《こぶし》一つ。

剄《けい》が乗り、さらに武芸者の筋力で放たれる拳は、その一撃《いちげき》だけで一般人を撲殺《ぼくさつ》できる。

だが、それは硬《かた》い感触《かんしょく》に受け止められた。

「なっ！」

「……惨《みじ》めだな」

目の前にいたのは、リーリンではなかった。髪《かみ》の色が違《ちが》う、声も違う、ロイを見る瞳《ひとみ》の鋭《するど》さも違う。

「貴様《きさま》……」

「察するに、修行《しゅぎょう》と称《しょう》されて元の都市から追い出された口か。だが、ここでも自らの弱さを克服《こくふく》できないまま、安易《あんい》に見える道を選んだのか」

ニーナがロイの拳を受け止めていた。

その背後《はいご》に、リーリンはいた。

リーリンの目的は時間稼《かせ》ぎにあった。鳥の群《むれ》を覆《おお》う電光が消えたのだから、なにか変化があったのはわかるはずだ。異変《いへん》を調べるためにやってきたニーナならそれを確認《かくにん》するために必ず来る。

「奴《やつ》らとの縁《えん》を作り、マイアスへと導《みちび》いた。……シュナイバルとの縁をここで作らせるために」

だが、そのためには狼面衆《ろうめんしゅう》との戦いを切り抜《ぬ》けなければならない。そこだけが賭《か》けだった。

そして、賭けに勝ったのだ。

「守るべき都市を見捨《みす》てるとは……たわけ者が、恥《はじ》を知れ」

ニーナの宣告《せんこく》に、ロイは小さな悲鳴を上げた。

慌《あわ》てて拳を引き、リーリンには見えない速度で後退《こうたい》。巻《ま》き上がった砂塵《さじん》の向こうでロイが錬金鋼《ダイト》から剣《けん》を復元《ふくげん》させて身構《みがま》えていた。

「は、ははは っ！ 君が立ちふさがるか。だが、僕を倒《たお》せるのかな？ 知っているんだぞ！ 君はしょせん、縁を使ってやってきた仮初《かりそ》めの旅人だ。同じ位相にいる狼面衆は倒せるかもしれないが、最初からここにいる僕にまで手は出せないはずだ」

「手は出せる。さっきのようにな」

ニーナはロイの拳を受け止めた掌を示《しめ》して見せた。

「だが、殺せはしないだろう。殺される夢《ゆめ》を見たって起きれば生き返るのと同じだ。そしてわたしは、もとより殺すつもりはない」

リーリンからはニーナの背中《せなか》しか見えない。だが、ニーナの顔を見て、ロイは明らかに怯《おび》えの色を強めた。

「お前は、お前の罪に相応《ふさわ》しい罰《ばつ》を受けろ」

「ひぃっ！」

叫《さけ》び、ロイはニーナに背中を見せた。次の瞬間、強風を撒《ま》き散らして姿《すがた》を消す。ニーナは微動《びどう》だにしない。

逃《に》げたのだ。

「いいの？」

追いかけようとしないニーナに、リーリンは尋《たず》ねた。

「あれに関《かか》わっている時間はない。それにわたしにできるのは、精々《せいぜい》あれくらいのものだ」

「まさか、本当に……？」

縁を使ってやってきた仮初めの旅人。言葉の意味は正確《せいかく》にはわからないけれど、ニーナが本来はここにいるはずがないということはなんとなくわかった。ニーナ自身、最初に会った時に夢の中にいるような感じだとも言っている。あの時は信じられなかったし、こんなことになったいまでも信じられない。

「わたしにもまだ詳《くわ》しい説明はできない。わたしはたった一度、こんな出来事に巻き込まれてしまっただけで、詳しいことは本当にわかっていないんだ」

振《ふ》り返ったニーナは困《こま》った笑《え》みを浮《う》かべていた。

「それでも、やらなければならないことだけはわかっていた」

「それだけ……？」

「ああ、それだけだ」

頷《うなず》かれて、リーリンはなにも言えなくなった。

「機関部の位置はすでに調べてある。その子は、君を受け入れている。君の手で運んでくれ。君は、わたしが守る」

そう言うと、ニーナはリーリンに合わせた速度で歩き始めた。

その姿を一歩後ろから追いかける。

驚《おどろ》きは、まだ抜けていない。

さっきのロイは、いわば自分の前途《ぜんと》を挫《くじ》かれた武芸者《ぶげいしゃ》だ。そして挫けたまま立ち上がれなかったのだ。汚染獣《おせんじゅう》の恐怖《きょうふ》が拭《ぬぐ》えなかったのか、それとも、拭うことを放棄《ほうき》していたのか、それはわからないけれど。

少しだけ、レイフォンに似《に》ているような気がする。

（レイフォン、大丈夫《だいじょうぶ》かな？）

心配が頭をもたげる。

対して、目の前にいるニーナはどうなのだろう？

強い意志《いし》がある。それは確《たし》かだ。誰《だれ》もが想像《そうぞう》する模範《もはん》的な武芸者の姿そのままのような彼女。

でも、それが現実《げんじつ》的でないことをリーリンはすでに理解《りかい》している。レイフォンしかり、サヴァリスしかり、リンテンスしかり、ロイしかり……養父は模範的であったかもしれない。リーリンの中で武芸者が模範的である可能性《かのうせい》は五人に一人。低くはないが、高くもない微妙《びみょう》な数字だ。

ロイの言葉が頭をよぎる。学園都市なんて通り過《す》ぎるだけの場所。守る価値《かち》なんてないとはっきりと言い捨てた。

それは彼の挫折《ざせつ》から生まれた言葉だとわかっている。その言葉が真実だとは思いたくない。

だけど、戦争となれば自分の都市を守るために他人の都市の生命線――セルニウム鉱山《こうざん》――を奪《うば》うために戦うのも武芸者なのだ。

それまでが間違《まちが》っているなんて思いたくはない。自己犠牲《じこぎせい》だけではなにも解決しないことの証明《しょうめい》が、自律型移動都市《レギオス》同士の戦争なのだから。

だけど、ニーナはいま、なんの関係もない都市のために戦っている。

それは、強いから？

「あなたはどうして、この都市のために戦うの？」

機関部までの道は長く、リーリンは疑問《ぎもん》を口にした。

「ん？」

「だって、あなたには関係のない都市なのよ？　もしかしたら、あなたの都市にとって悪いことをする都市になるかもしれないのよ。それなのに……」

リーリンだって、この都市が滅《ほろ》びるのをただ見ているだけなのは辛《つら》いと思う。実際《じっさい》、ロイがこの都市を見捨《みす》てるような発言をした時は怒《いか》りを覚えたぐらいだ。

「そこまで考えていては、なにもできない」

ニーナは苦笑《くしょう》した。

「それにわたしは公平無私《むし》な人間じゃない。正義《せいぎ》感はあるし、それがもしかしたら自分の都市にとって不利益《ふりえき》になるとわかっていてもやる時が来るかもしれない」

ニーナの告白を、リーリンは黙《だま》って聞いた。

「だけど、今回のことは違う。望んだ状況《じょうきょう》じゃない。こうしなければならないという自分以外の誰かの欲求《よっきゅう》にしたがっている感じなんだ。内なる声とかそういうのじゃなく、本当の意味で、わたしの外にいる誰かの意思に。そういう意味では、狼面衆《ろうめんしゅう》といまのわたしは、なんの違いもないのかもしれない」

「イグナシスとリグザリオの戦いってこと？」

ニーナと狼面衆がぶつかり合った時に出てきた言葉だ。

「そうかもしれないな。……リグザリオが人の名前かどうかはわからないが」

「リグザリオってなに？」

「わたしの生まれた都市、仙鶯《せんおう》都市シュナイバルにはリグザリオ機関というものがある」

狼面衆が狙《ねら》っていたものだ。

「それって、なんなの？」

「わたしも実物は見たことがない。が、父の話だと電子精霊《せいれい》を生み出す機関らしい」

「え？」

「電子精霊シュナイバルに機械的に取り付けられた子宮……それがリグザリオ機関だそうだ。実際、わたしの都市《シュナイバル》にはシュナイバル以外の電子精霊がいた」

「でも、電子精霊を増《ふ》やすって、どうして……？」

「時を経《へ》て成長した電子精霊は自らの都市を持つために旅立つ……らしいのだが、わたしは電子精霊が旅立つところを見たことがない」

再《ふたた》び苦笑を浮《う》かべた。自分の手の中で身動きできないほどに弱っている電子精霊が、なにもない場所からリーリンたちの住むこの大地を、都市を生み出している？

れている都市を？

「ごめん、うまく想像《そうぞう》できない」

「あくまでも、そういう話らしいというだけだ」

気持ちがわかるのか、ニーナも苦笑していた。

「だが、リグザリオ機関が電子精霊を生み出しているのは事実だ。狼面衆がそれを狙うということは、あれにはなにかあるんだろう」

「……つまり、自分の都市の問題も絡《から》んでいるから、ニーナはやる気になっているの？」

「そうかもしれない。利己的だろう？」

「結果論《ろん》じゃない」

それを知る以前から、ニーナはこの都市のために動くことを決めていたのだ。たとえそれが、誰とも知れない意思だとしても、実際に体を動かすのはニーナなのだから。

「やっぱり……ニーナは強いから余裕《よゆう》があるのよ」

リーリンは思わずそう言ってしまった。言ってからしまったと思ったが、言葉を引っ込めることもできない。このまま続けた。

「わたしの知ってる人は強いけど、全然余裕なんてなかった。それはわたしたちが足を引っ張《ぱ》ってたからなんだけど、もしかしたらその人はわたしたちがいなかったら、もっと自由にできたのかなって、そう思うから。強かったけれど、弱くしてしまったのはきっと、わたしたちだから」

「それは違うぞ、リーリン」

ニーナが振《ふ》り返った。

「ニーナ？」

その顔は青かった。

「どんなに強くたって、その強さを使う理由がなければないも同然だ。それに、わたしは強いわけではない。リーリンがわたしを強いと思う理由は、狼面衆との戦いは……わたしの、力では……」

そこまで言って、ニーナは膝《ひざ》を突《つ》いた。

リーリンが近寄《ちかよ》って、同じように膝を突く。ニーナの額《ひたい》には大粒《おおつぶ》の汗《あせ》がたくさん浮いていた。

「わたしには守りたいものがいる。だけど、わたしは、わたしの守りたいものに守られている。いまも……それが、わたしには……」

「ど、どうしたの？」

「大丈夫《だいじょうぶ》だ」

なにかを振り払《はら》うようにニーナは頭を振ると立ち上がった。その顔は真っ青のままで、回復《かいふく》した様子はない。

「急ごう、どうやら時間がない」

心持ち急ぎ足になったニーナの後を、リーリンは小走りに追いかけた。

†

逃《に》げ出した先にあてがあったわけではなく、ただ逃げ出した先がそこであっただけだ。

「くはっ、はぁ……」

その場に着地し、ロイは四つんばいになって荒《あら》く息を吐《は》いた。

場所はどこかの建物の屋上。貯水槽《ちょすいそう》の陰《かげ》に隠《かく》れるようにして、ロイは息を飲み込んで歯を嚙《か》み締《し》めた。

「ちくしょう、ちくしょうちくしょうちくしょうっ！」

絶叫《ぜっきょう》は誰にも届《とど》かないままに消えた。

ロイ・エントリオの生まれた都市は、平和を名乗っても問題のない都市だった。汚染獣《おせんじゅう》の襲来《しゅうらい》はロイが生まれる以前から一度もなく、戦争も起こる年と起こらない年があるほどだ。

それは他の都市と適度《てきど》以上に離《はな》れた場所に都市のテリトリーがあることを意味していた。

そのために放浪《ほうろう》バスなどは年に数度しか訪《おとず》れず、外界の刺激《しげき》に乏《とぼ》しくはあったが、平和であることこそが誇《ほこ》りであるかのように平和な都市だった。

そこでロイは育った。汚染獣との実戦経験《けいけん》はロイの祖父の代しか持っておらず、汚染獣との戦いなど、すでに老人が若者《わかもの》に語る懐古《かいこ》話の一つのように受け取られていた。

だが、そんな都市に汚染獣はやってきた。

武芸者たちは驚《おどろ》きながらも臨戦態勢《りんせんたいせい》を取った。必死に戦った。都市外装備《そうび》に身を包み、都市に近づけないために戦った。

動員された武芸者《ぶげいしゃ》は百名。

死亡者《しぼうしゃ》は十名を超《こ》えた。

誰もが必死に戦った。すでに実戦に耐えられない老人たちは、戦闘《せんとう》経験をもとに作戦を立案し、戦闘経験のない武芸者だけで作戦は実行された。

それだけを考えれば奇跡《きせき》のような、望みうる最大級の戦果であった。

だが、唯《ただ》一つ、汚点があった。

動員された武芸者は百名。

死亡者は十名を超えた。

敵前逃亡者《てきぜんとうぼうしゃ》はたった一名。

ロイ・エントリオ。

誰もが未経験の脅威の中、全身全霊《ぜんれい》をかけた。ロイを除《のぞ》いた全員が。

望みうる最大級の戦果であろうとも、十名の大切な武芸者が死んだのは都市の防衛《ぼうえい》問題としては見過《みす》ごせない数ではある。また、死んだ武芸者にも家族はある。

その中でロイ・エントリオは逃げた。

逃げ場のない、生まれた都市へ。

同年代の中では優秀《ゆうしゅう》な部類に入るロイが。

彼が普段嘲《ふだんあざけ》っていた程度《ていど》の実力しかない訓練仲間が、必死の特攻《とっこう》で汚染獣の翼《つばさ》に穴《あな》を開けて地面に引き摺《ず》り下ろした結果、落下した汚染獣の体重を全身に受けて持ち帰ることもできない無残な死に様を見せたその横で、ロイは逃げた。

誰からの許《ゆる》しも請《こ》うことができないような逃亡を計《はか》ったのだ。

「ちくしょう……」

そしてロイはマイアスにいる。実家からゴミを捨《す》てるようにマイアスに送りつけられた。

「ちくしょう……」

そしてまた、ロイは逃げた。一人の武芸者としての誇《ほこ》りを捨て、イグナシスの誘《さそ》いに乗り、その末にまたニーナ・アントークから逃げ出した。

「あの女……覚えていろ。必ず、必ず殺してやる」

しかし、その憎悪《ぞうお》はニーナに向かない。

「ただの一般人《いっぱん》の分際《ぶんざい》で、この僕《ぼく》を！」

マイアスの誰にも喋《しゃべ》っていない秘密《ひみつ》を看破《かんぱ》したあの女……リーリン・マーフェス。

「絶対《ぜったい》に、許《ゆる》さない」

「ほう、それはそれは……」

突然《とつぜん》、声が降《ふ》りかかり、ロイははっとして顔を上げた。

「堕《お》ちるとはここまでのことを言うものなのだね。主義《しゅぎ》主張《しゅちょう》、善悪《ぜんあく》の逆転《ぎゃくてん》なんて可愛《かわい》いものだ。堕ちるとは、ここまで惨《みじ》めでなくてはならない」

声は、上からだ。

「誰だ!?」

貯水槽《ちょすいそう》の上に誰かが腰《こし》かけていた。

気配はなかった。立ち上がり、身構《みがま》えつつ見上げる。逆光で見えなかった顔が現《あらわ》れる。

「お前は……」

「覚えていてもらえましたか？」

男は楽しそうに話しかけてきた。だが、その目ほどに口は笑っていない。

リーリンと一緒《いっしょ》にいた武芸者だ。名前はたしか……サヴァリス・ルッケンス。

「こんなところで、待ち構えていたのか？」

「まさかまさか……時間を持て余《あま》してはいましたけどね。僕はそこまで働き者なわけでもないんですよ。あなた如《ごと》きのために無駄《むだ》な時間は使いたくありません」

「くっ……」

「まぁそれでも、あなたの行動はここから見物させていただきましたが」

「なに……？」

ロイは慌《あわ》てて自分の位置を確《たし》かめた。リーリンたちといた場所からかなり離《はな》れている。

「まさか、こんな場所から……」

「見えていましたし、聞こえていましたよ。無様とはあなたのためにあるような言葉ですね」

侮辱《ぶじょく》されたことに気付かないほど、ロイはその事実に驚愕《きょうがく》した。この距離《きょり》では、ロイには見ることも聞くこともできない。それは、ロイには想像《そうぞう》もできない強力な内力系活剄《かっけい》をサヴァリスが実現《じつげん》できることの証明《しょうめい》だった。

「彼女を守るように命令されていましてね。あなたが彼女に毛ほどの傷《きず》でもつけるようなことになりそうなら、この場から始末をしなければならなかったのですが……あなたがあまりにも愚《おろ》かなので、拍子抜《ひょうしぬ》けしていたところです」

言葉もなく、ロイは後ずさった。

目の前にいるのが、かつて見たこともない強力な武芸者《ぶげいしゃ》であることは、もはや疑《うたが》いようもなかった。彼の錬金鋼《ダイト》は都市警察《けいさつ》が没収《ぼっしゅう》しているという事実を思い出したが、それにどれほどの意味があるのかもわからない。

「あちらの方の問題が片付《かたづ》いたのはいいことです。できるなら、さっさとこちらの問題も片付けたいのですけどね。予断《よだん》は許されませんし」

「ひっ……」

逃《に》げよう。一瞬《いっしゅん》で決めた。背《せ》を向ける余裕《よゆう》もない。全力での後退《こうたい》。彼に捕《つか》まるぐらいなら、高速移動《いどう》に失敗して建物に激突《げきとつ》した方がはるかに被害《ひがい》は少ない。

だが、それすらも許されなかった。

足に剄を流す暇《いとま》もなく、気が付いた時にはサヴァリスの顔がすぐ近くにあり、首が凄《すさ》まじい圧迫《あっぱく》に包まれた。

「戦略的撤退《せんりやくてったい》というものはありますが、逃げ癖《ぐせ》の付いた武芸者《ぶげいしゃ》というのはだめですねぇ」

ロイの首を片手で絞《し》めながら、サヴァリスはやれやれと首を振《ふ》った。

「ぐがっ、がっ……」

呼吸《こきゅう》もままならず、剄で肉体を強化できなくなったロイは、生命の危機《きき》に反応《はんのう》してもがくぐらいしかできていない。

「あなたを教導《きょうどう》する義務《ぎむ》など、僕にはまるでないのですけどね。あなたのような社会制度《せいど》を悪用するしか能《のう》のない人間がどういう反応をするのか、見てみたい気がします」

呼吸できる程度《ていど》には手首を緩《ゆる》めている。だが、なにかしようとした瞬間に握力《あくりょく》を強め、いつでもその首が折れるのだと脅《おど》すことは忘《わす》れない。

「とりあえず殺しませんから、少し付き合ってください」

もがくロイに気を使う様子もなく、サヴァリスは移動した。

サヴァリスにとってすれば数度の跳躍《ちょうやく》で終わる距離。

着地したのは、外縁部《がいえん》近くの建物だ。

そのすぐ側《そば》の外縁部には武芸者たちが集まっている。

ロイを摑《つか》んでいた手を離す。地面に投げ出されたロイは激《はげ》しく咳《せ》き込《こ》みながら屋上を転げまわった。

「彼らはここで汚染獣《おせんじゅう》を迎《むか》え撃《う》つようですね」

瞬間、ロイの動きが止まる。

「敵前逃亡《てきぜんとうぼう》の罪《つみ》は戦うことによって償《つぐな》うのが武芸者としてのやり方だと思いますが、さて、あなたはどうします？」

サヴァリスの瞳《ひとみ》はこちらに向かう汚染獣の姿《すがた》を捉《とら》えていた。サヴァリスの目でかなりの大きさに映《うつ》る。外縁部にいる武芸者たちの目でも十分に捉えられる距離だろう。

「到着《とうちゃく》まで、もうそれほど時間はありませんね」

「ひっ」

「おっと」

逃げ出そうとしたロイの背を踏《ふ》みつけ、動きを止める。

「確《たし》かめさせてくださいよ、僕に。心の折れた武芸者が再《ふたた》び立ち上がることができるのか否《いな》かを。あなたはこの都市の武芸者なのでしょう？　人生をやり直した武芸者が同じ失敗を繰《く》り返すのか？　そして、失敗してもなお、やり直すために立ち上がることができるのか」

勝手な言い分だということは、サヴァリス自身わかっていた。

「さて……そろそろ準備《じゅんび》しなくては、間に合いませんよ」

外縁部の武芸者たちに語りかけ、状況《じようきよう》を見守る。

武芸者たちが慌《あわただ》しく動き始め、射撃《しやげき》部隊が剄羅砲《けいらほう》に剄の充塡《じゆうてん》を開始した。格闘《かくとう》戦を担当《たんとう》する部隊は緊張《きんちよう》で顔が青ざめている。

そこに汚染獣がやってきた。

悲鳴のような号令とともに剄羅砲が火を噴《ふ》く。放たれた凝縮剄弾《ぎようしゆくけいだん》は汚染獣の表面で弾《はじ》け、鱗《うろこ》がいくつか弾けとんだ。

汚染獣の悲鳴がマイアス中に響《ひび》き渡《わた》る。

怒《いか》りと痛《いた》みで目を血走らせながら、マイアスに向かって直進してくる。剄羅砲の剄弾が迎撃《げいげき》する。

砲火の雨に晒《さら》されながら、汚染獣は速度を下げない。

血の霧《きり》を振りまきながら、汚染獣がエア・フィルターを突《つ》き破《やぶ》って進入した。

サヴァリスはロイの背から足をどかせていた。

「ひあ、あ、あああ……」

だが、ロイは震《ふる》えて恐怖《きようふ》の声を零《こぼ》すしかしない。

「行かないんですか？　あなたはここでは優秀《ゆうしゆう》な部類だと思うのですけど？」

「い、いやだ。いやだいやだいやだ！　あんなのと戦うなんてごめんだ！」

ロイは手足をばたつかせ、屋上を這《は》うようにして少しでも汚染獣から距離《きょり》を離《はな》そうと移《い》動《どう》する。

もはや、剄を使うという考えもないようだ。いや、サヴァリスが足を離していることにすら気付いていないのかもしれない。

「やれやれ」

その醜態《しゅうたい》をサヴァリスはそれ以上見る気をなくした。

「ぎゃっ」

ロイが悲鳴を上げた。サヴァリスが小さな衝剄《しょうけい》を指弾の形で打ち出したのだ。指弾はロイの四肢《しし》を打ち、骨《ほね》を砕《くだ》いた。

「そこで自分の無様さを嘆《なげ》いていなさい」

身動きの取れなくなったロイに言い捨《す》てると、サヴァリスは跳躍《ちょうやく》した。

全力の跳躍。ロイにはサヴァリスが消えたように見えたことだろう。

着地した先は、汚染獣の頭部。

「第一期の、しかも成り立てですか。興《きょう》が削《そ》がれてしまいましたが、なにしろ女王命令に等しいと言われてしまってますからねぇ」

嘆息《たんそく》すると、サヴァリスは汚染獣の頭頂部《とうちょうぶ》に手を当てた。

「ふっ」

短い呼気《こき》とともに、剄を放つ。

外力系衝剄の変化、流滴《るてき》。

サヴァリスの手から放たれた衝剄は静かに汚染獣《おせんじゅう》の鱗の隙間《すきま》を縫《ぬ》って細胞内に浸透《しんとう》し、内部からの破壊《はかい》を行う。

技《わざ》を放ち終え、サヴァリスは素早《すばや》くその場から退避《たいひ》した。おそらく、誰《だれ》もサヴァリスがそこにいたことに気付いていないはずだ。

汚染獣の動きが鈍《にぶ》った。マイアスの武芸者《ぶげいしゃ》にはそう見えただろう。

その隙を逃《のが》さない。すかさず剄羅砲の一斉射《いっせいしゃ》が行われた。剄の爆発《ばくはつ》が汚染獣の巨体《きょたい》を飲み込み、そして光と煙《けむり》が吹《ふ》き払《はら》われた時には、汚染獣は体のあちこちを崩壊《ほうかい》させ千切れながら落ちていくところだった。

あまりのあっけなさに疑問《ぎもん》を抱《いだ》く者もいるにはいた。

だが、次の瞬間《しゅんかん》に爆発した歓喜《かんき》の大波に、その疑問は押《お》し流されてしまった。

その様子をサヴァリスは別の場所から見物していた。その目を崩《くず》れ落ちた汚染獣から外し、いまだに激痛《げきつう》と恐怖《きょうふ》でのたうっているロイに向ける。

「さて、レイフォンもあんな無様を晒しているのですかね？」

守るために戦い、そして裏切《うらぎ》られたレイフォンは学園都市という新たな場所で、同じ失敗を繰り返しているのか？　あるいは同じ失敗を犯《おか》してしまうのか？

サヴァリスがロイから見たかったのは、それだった。

「天剣授受者《てんけんじゅじゅしゃ》同士の戦いなんてそうやれないのですから、失望はさせないで欲《ほ》しいものです」

呟《つぶや》くと、サヴァリスはそれらの光景から背《せ》を向けた。

リーリンはどうなったのか、それを確認《かくにん》に向かわなければ。

†

機関部の入り口に辿《たど》り着いた頃《ころ》には、ニーナはまっすぐに歩けないほどになっていた。

「大丈夫《だいじょうぶ》……なの？」

エレベーターの壁《かべ》に体を預《あず》け、荒《あら》い息を吐《は》くニーナはまるで死者のようだった。血が流れていないかのような青白い肌《はだ》の中で、瞳《ひとみ》だけは自らの状態《じょうたい》と戦っていることを示《しめ》して輝《かがや》きを失っていなかった。

「どうして、そこまで……」

言いかけてリーリンは言葉を止めた。

エレベーターの急速な降下《こうか》が内臓《ないぞう》を揺《ゆ》らす。そんなものにすら負けてしまいそうなのに、それでもなお目的を見失わない瞳が、リーリンの言いかけた言葉の意味を探《さぐ》っている。

「さっき言ったろう？　いまのわたしの力は本来のわたしのものとはかけ離《はな》れている。夢《ゆめ》の中だから実現《じつげん》できる超人《ちょうじん》というのともまた違《ちが》う。倒《たお》すべきものに取り憑《つ》かれ、守りたいと願うものに守られている。それがこの結果だ」

深いため息とともに、ニーナが自分の弱さを話している。

それなのに、彼女から弱さは感じられない。

「わたしに必要なのは経験《けいけん》だ。戦いの経験、自分の弱点を晒《さら》す経験、誰かの力をあてにする経験。全《すべ》てが不足している。その不足を補《おぎな》うための努力を怠《おこた》るつもりはないが、なによりも必要なのは目的を完遂《かんすい》するための意志《いし》力だ」

そのために、ニーナはいまの自分の状況《じょうきょう》を受け入れているのだろうか？

「でも、ニーナは強いよ」

その瞳の輝きを見れば、ニーナの言う〝強い意志〟はすでに彼女のものとなっている気がする。

「いいや……」

その時、ニーナの瞳が初めて揺らぎを見せた。

エレベーターが大きく身を揺すって動きを止める。ドアが開き、ニーナは重い荷物を運ぶように自分の体を外に出した。体が揺れる。リーリンは素早くニーナに肩《かた》を貸《か》した。

それにニーナは抵抗《ていこう》しない。

機械油のにおいが鼻につく。太いパイプがそこら中で複雑《ふくざつ》に絡《から》み合い、その隙間《すきま》を縫《ぬ》うように通路が曲がりくねって走っていた。

暗いオレンジ色の照明に照らされた機関部はリーリンに底知れない圧迫《あっぱく》感を与《あた》えた。

「この間、仲間が一人、怪我《けが》をして倒れた」

機関部の光景に息を飲んでいると、ニーナが声を途切《とぎ》れさせながら呟いた。

「わたしはその時、自分の目的そのものがだめになったような気持ちになった。そんなわけがないのにな。わたしは、それが許《ゆる》せない。わたしの武芸者としての実力がすぐには向上しない以上、誰かに力を借りるのは当たり前だ。だけれど、頼《たよ》りきりになるのはだめなんだ。そうとわかっているのに、それができなかった。それが許せない」

強い自責《じせき》の念が渦巻《うずま》くのをリーリンは感じた。自分の失敗さえも許せない強さ。それはニーナにとっての最大の武器《ぶき》であると同時に、最大の弱点でもあるのではないだろうか？

どうしてか、ニーナの語る言葉を聞いていると不安になって仕方がない。

「もう少し、肩の力を抜《ぬ》いたら？」

「なに？」

「ニーナのそういう気持ち、ちょっとだけわかる気がする」

リーリンは少しだけ昔を思い出しながら、ニーナに語った。

「わたしも昔は少しでも早く大人になりたいって思ってた。大人になってお金を稼《かせ》がないとって……」

貧《まず》しかった院を助けるために、働きたかったのだ。レイフォンのようにすぐにでも大金を稼ぐようなことはできないけれど、それでも、少しでも……

「でも、慌《あわ》てて大人になってもそううまくはいかないんだって、わかったの。わたしの……友達がそうだった。彼のおかげで院の生活は楽になったけど、彼は都市から追い出されることになってしまったから……」

闇《やみ》試合が発覚した時、リーリンもショックだった。だけど、他の幼《おさな》い仲間たちのように失望はしなかった。

ただ、レイフォンにそこまで無理をさせていたんだと思うと、心苦しかった。

ニーナが驚《おどろ》いた顔でこちらを見ている。リーリンはごまかすように笑った。

「彼が無理してくれたから、院は楽になった。だからってわけじゃないけど、わたしは働くのはもう少し後でもいいって思ったの。彼が残してくれたお金には限度《げんど》があるけど、それで色々準備《じゅんび》ができるから。それでわたしはもっと勉強して、もっと院のためにできることをしようって」

そうすることが、がんばってくれたレイフォンのためにもなるはずだと思ったから。

だから、上級学校に進学する道を選んだのだ。

「ニーナががんばってくれてるのは、きっとその仲間の人だってわかってくれてるよ。失敗したっていいじゃない。本当に大事な時に失敗しないように、いまはたくさん失敗すればいいと思うよ」

「気楽に言ってくれるな」

「なら、失敗したら許さない？」

「なに？」

「わたしは許したよ。ううん……逆《ぎゃく》に申し訳《わけ》なくなったよ、彼一人にそんな思いをさせていたってわかったから」

全《すべ》てが発覚した日、レイフォンは院のみんなの冷たい視線《しせん》の中、「ごめん」と呟《つぶや》いた。

それがあの時のレイフォンの精一杯《せいいっぱい》だった。

悄然《しょうぜん》と肩を落としたレイフォンの姿《すがた》は本当に寂《さび》しげで、疲《つか》れきっていて……

あの姿を見て、本当に泣きそうになったのだ。

そして、あんなになるまで気付いてあげられなかった自分が、悔《くや》しくて仕方なかった。

「自分を責《せ》めるっていうのは結局、それに関《かか》わったみんなを責めてるのと変わらないのよ。少なくとも、わたしはそういう気持ちになった。だから、自分を責めるよりももっと前向きになった方がいいんじゃないかな？」

「なるほど……」

「きっと、ニーナを心配してくれてる人がたくさんいるんじゃないかな？　その人たちのためにも、ニーナは元気でいるべきだよ」

「そうか……そうだな」

青白い顔に照れたような笑顔《えがお》を浮《う》かべて、ニーナは頷《うなず》いた。

「向こうでわたしがどうなっているかわからないからな。急いで戻《もど》らなければいけない。そのためにも……」

マイアスの危機《きき》を救わなくてはいけない。

「なんだか、お話の中に出てくる英雄《えいゆう》みたいね」

硬《かた》くなった空気を解《ほぐ》すように、リーリンは笑った。

世界が汚染物質《おせんぶっしつ》によって隔絶《かくぜつ》されていない世界で戦う英雄の話だ。

「色んな場所で、色んな人が抱《かか》える問題を解決《かいけつ》していくの。なんだかニーナがしてることって、それによく似《に》てる気がする」

「そんなに人格者《じんかくしゃ》ではないさ、わたしは」

「やってることはそうじゃない」

「そうかもしれないが……わたしは未熟者《みじゅくもの》だからな」

認《みと》めたがらない頑固《がんこ》さがおかしくて、リーリンは微笑《ほほえ》んだ。

そんなことをしている間に機関部の複雑《ふくざつ》な通路を抜《ぬ》け、中心部がリーリンの目の前に現《あらわ》れる。

「これが……」

分厚《ぶあつ》い板のようなものに包まれた小山に似た形をしている。

「内部がうちと似ていて助かった。リーリン、マイアスは元気か？」

リーリンは手の上に乗せていた小鳥を確《たし》かめる。

「弱ってるわ」

小鳥はもはや自分で立つこともできず、リーリンの手の上で横たわっている。くちばしをわずかに動かす以外は、まるで生きているような雰囲気《ふんいき》ではなかった。

「セルニウムの供給《きょうきゅう》を絶《た》たれたからか？　とにかく、急いで機関部の中に戻《もど》さなくては……」

「うん」

頷いたリーリンはニーナから離《はな》れると機関部に向かって走り出した。

だが、すぐにニーナの手がリーリンの服を摑《つか》んで止めた。

「え？」

「……そこにいる奴《やつ》、出て来い」

青い顔をしながら、ニーナは錬金鋼《ダイト》を復元《ふくげん》してリーリンの前に立つ。

「……不意は打てんか」

声とともに機関部の陰《かげ》から現れたものを見て、リーリンは目を瞠《みは》った。

「さっきの……」

「やはり生きていたか……」

「貴様《きさま》のおかげで分身たちはみなオーロラ・フィールドに戻されてしまったがな」

獣《けもの》の面を被《かぶ》った男がそこにいた。

雰囲気が、地上で見た狼面衆《ろうめんしゅう》とは違《ちが》う。あそこで見たのは生きている感じがしなかった。

だが、機関部の前で立ちはだかるこの男にははっきりとした意思のようなものが感じられた。

そう、ニーナと似たような、明確《めいかく》な目的意識《いしき》を持つ者の強い瞳《ひとみ》の輝《かがや》きを仮面《かめん》の奥《おく》から感じたのだ。

「なるほどな。本体を討《う》たなければお前たちを倒《たお》したことにはならないか」

「それがイグナシスのもたらす夢想《むそう》の共有だ」

「分身に戦わせて、自分は安全な場所でのうのうとしていることがか？　だとすれば、やはりイグナシスは臆病者《おくびょうもの》だ」

「武芸者《ぶげいしゃ》であるだけで臆病者であることが許《ゆる》されない。その不平等こそが、この世界の弱点だ」

「なんだと……？」

「戦うことを宿命付けられた武芸者……そのことに疑問《ぎもん》を持ったことはないのか？　宿命付けられているというのに弱きもの強きものの差があることには？　何者かにあらかじめ用意されたかのような自分の境遇《きょうぐう》に疑問を持ったことはないのか？」

「……そんな世迷言《よまいごと》に惑《まど》わされると思うな」

「交渉《こうしょう》は決裂《けつれつ》している。もはやお前を誘おうなどとは思わん」

狼面の男が錬金鋼《ダイト》を復元した。

「だが、貴様はいずれ、自らの無知を嘆《なげ》くことになるだろう」

刃《は》が鋸《のこぎり》のようになっている。切るためではなく、肉を削《そ》ぐためにあるような剣に、リーリンは凶悪《きょうあく》な雰囲気を感じた。

「ニーナ……」

「大丈夫《だいじょうぶ》だ」

リーリンを押《お》しのけるようにして前に立つニーナだが、その顔の青さは消えない。両手の鉄鞭《てつべん》を重そうに身構《みがま》えるニーナには不安しか感じられなかった。

「廃貴族《はいきぞく》が本来の目的のために動こうとしている。力のバランスが崩《くず》れ、さぞ苦しいだろう」

「状況《じょうきょう》は最大限《げん》に利用する。当然だろう？」

「貴様、まさか……」

狼面の男が動いた。その瞬間《しゅんかん》、リーリンの目からは狼面の男の動きがなにも見えなくなる。

ただ、ニーナが吹《ふ》き飛ばされる姿《すがた》だけがその目に焼きついた。

「ニーナっ！」

「さがれ！」

パイプの一つに背中《せなか》をぶつけながら、ニーナが叫《さけ》んだ。

リーリンはそれに従《したが》うしかない。

慌《あわ》てて後ろに下がる。狼面の男はリーリンの手にマイアスがいるというのに追ってきたりはしなかった。ニーナの姿も消え、激《はげ》しい戦闘《せんとう》音が周囲にこだまする。

(でも、このままじゃあ……)

手の上のマイアスは弱っている。すぐにでも機関部に戻《もど》さなければ死んでしまうかもしれないというのに、戦いの音は機関部の周辺から動こうとしない。

「そうか……」

狼面の男はわかっているのだ。あの場所で時間を稼《かせ》げばマイアスが勝手に死んでしまうという事実を。

どういう手段《しゅだん》かわからないが、ニーナを弱らせ、さらに起死回生の策《さく》を打たれないように機関部の前で陣取《じんど》り続けている。

頭が良いのだ。

「どうしたら……」

手の中の小鳥の姿をした電子精霊《せいれい》からは、徐々《じょじょ》に温かみが失われてきている。

焦《あせ》りがリーリンの背中を押す。なんとかあの距離《きょり》までなら走って間に合うか……

「だめ……」

今にも走り出そうとする足をむりやり止めて、リーリンは深呼吸《しんこきゅう》した。

それもまた、狼面の男の思う壺《つぼ》でしかないような気がした。なにより、リーリンの運動能力《のうりょく》で武芸者の虚《きょ》を突《つ》くなんてできるはずがない。

「でも、急がないといけないのに……」

手の中の命はもう失われかけている。リーリンはマイアスを見つめた。その宝石《ほうせき》のような、人とは違《ちが》う感情《かんじょう》を読み取ることのできない瞳から命の欠片《かけら》を探《さが》すために見つめた。

その、小さな瞳になにが映《うつ》っているのか……

「……え？」

薄暗《うすぐら》い中でそんな小さな瞳に映っているものがリーリンにわかるはずがない。

本来ならば。

「どういう、ことなの？」

だが、リーリンにはそれが見えた。見えてしまった。まるで顕微鏡《けんびきょう》を覗《のぞ》き込《こ》むようにその中の映像《えいぞう》が拡大《かくだい》され、視界《しかい》を支配《しはい》した。

そこに映っていたのは、ニーナだ。

だが、戦闘の音は機関部からしている。マイアスの瞳に映る位置ではない。

「なに……これ？」

それに、ニーナの姿に被《かぶ》さるように別の姿が映っていた。

黄金色《こがねいろ》をした雄山羊《おやぎ》と、長い髪《かみ》の童女《どうじょ》。

「なんなの……？」

（廃貴族……電子精霊《せいれい》）

掠《かす》れた声がいきなり耳に届《とど》いた。

驚《おどろ》いて周囲を見回すが、誰《だれ》もいない。

（汚染獣《おせんじゅう》に対して強力な憎悪《ぞうお》を発する力と、それから守ろうとする力がぶつかりあってい
る。汚染獣が近づいたため、そのバランスが崩れた）

廃貴族……狼面《ろうめん》の男もそんなことを言っていた。

「汚染獣を憎悪？　じゃあ、ニーナの中に廃貴族っていうのがいて、それが汚染獣が近づ
いているのを知ったから、ニーナに倒《たお》させようとしているわけ？」

だが、ニーナは汚染獣とは戦わず狼面衆たちと戦うことを選んでいる。それが不調の原《げん》
因《いん》となっているのだろうか？

（そう……）

誰にともなく語りかけたが、返事は戻ってきた。

「あなたが喋《しゃべ》っているのね、マイアス？」

そう考えるしかなかった。

（そう）

弱々しい、男女どちらともつかない、幼《おさな》い中性《ちゅうせい》さを現《あらわ》した声が返事をする。

（ニーナには二つの電子精霊が憑いている。一つは廃貴族《はいきぞく》、もう一つは普通《ふつう》の電子精霊。操《あやつ》れていた。御《ぎょ》しきれない廃貴族の力を、電子精霊が制御《せいぎょ》できるレベルまで中和していた。だから操《あやつ》れだけど、汚染獣の接近《せっきん》を感知して、廃貴族の力が強まった。あちらだけでなく、こちらでも感じてしまったのが、原因）

「どうすればいいの？」

（廃貴族を宥《なだ》めなくてはいけない）

「だから、どうやって？」

（…………）

「あなたの命もかかっているのよ、がんばって」

強く呼《よ》びかけると、マイアスはより弱々しい声を返してきた。

（祈《いの》れ）

「え？」

（あなたはグレンダンと縁《えん》を持つ者。……いや、グレンダンに隠匿《いんとく》されたもう一つの電子精霊と縁を繋《つな》ぐ者。存在《そんざい》を知る希少な人よ。あなたの祈りが廃貴族を静める）

「なに、それ……？」

グレンダンに隠匿されたもう一つの電子精霊。

そんなもの、リーリンは知らない。

(祈れ、隠《かく》れた電子精霊、全《すべ》ての原型に)

もう一度そう言うと、マイアスは沈黙《ちんもく》した。

「祈るって……なによ？」

答えはない。呆然《ぼうぜん》としたまま、リーリンは機関部を見た。音だけの戦闘《せんとう》。ニーナの苦しげな声が聞こえてきた。

宗教《しゅうきょう》はもはや資料《しりょう》の中に眠《ねむ》る遺物《いぶつ》でしかない。祈りとは信仰《しんこう》を高めるための行為《こうい》として、その中に記述《きじゅつ》されている。

それ以外の行為としては、個人《こじん》的な願いがある。

誰かが無事でいられますように、今日という日が無事に過《す》ごせますようにと、自らの内なる願望を誰にともなく念じることぐらいでしか使われない。

神という名の超越者《ちょうえつしゃ》になんとかしてくれるようにと願うのではなく、日々の願望を言葉という形にして定めるぐらいの意味しかない。

それでも、マイアスは〝祈れ〟と言った。

「ええい！」

なかば自棄《じき》の気持ちでリーリンは祈った。ニーナが勝ちますようにと、廃貴族がおとなしくなりますようにと、それ以外の言葉なんて思い浮かばない。

（でも、誰によ？）

マイアスは隠れた電子精霊と言った。だけど、それはなに？

そんなものに出会った記憶《きおく》はない。グレンダンは……？　もしかしたらガハルドがデルクとリーリンに襲《おそ》い掛《か》かってきたあの夜に見た獣《けもの》がそうなのだとしたら、グレンダンは見たのかもしれない。

「あれが、グレンダンだとしたら、やっぱり知らないわよ、わたし……」

隠れた存在だというのだから、そうそう簡単《かんたん》に人前に姿《すがた》を現すことはないはずだ。

（そういえば、あの時、どうしてシノーラ先輩《せんぱい》がいたのかな？）

グレンダンに出会った時のことを思い出すと、ふとその疑問《ぎもん》に行き当たった。

デルクを前にし、リーリンは気絶《きぜつ》したのだ。だが、気絶する前にシノーラはいなかったか？

（あれ？）

シノーラとサヴァリスは顔なじみのようだが、だからといって天剣授受者《てんけんじゅじゅしゃ》が自分の任務《にんむ》を簡単に他人に明かすとは思えない。

では、どうしてあの場所に？

(……あ)

記憶の連鎖反応《れんさはんのう》なのか、シノーラのことを考えていると、再《ふたた》び、脳裏《のうり》にもう一つのことが思い浮かんだ。

シノーラと初めて出会った時……

(わたし、あの時、どうして泣いたのかな？)

入学式が終わった後、学校を見物していて高等研究院に迷《まよ》い込んでしまったリーリンは、そこで芝生《しばふ》で居眠《いねむ》りするシノーラと出会った。

寝《ね》ているシノーラを見て、いきなり目から涙《なみだ》が溢《あふ》れ出して止まらなくなったのだ。

悲しくはなかった。ただ、止まらない涙に驚《おどろ》きながら、溢れ出す勢《いきお》いに気持ちまで引きずられそうになったのだけは覚えている。

(なにを……？)

なにを、見たのか？

思い出さないといけないような、気に……

少しだけ、力を貸《か》してあげる。

「え？」

でも、まだ忘《わす》れていなさい。

「誰、あなた……？」

その時は、まだ来ていないのだから。

「どうして？」

もうすぐ、だから。

次の瞬間《しゅんかん》、リーリンの意識《いしき》は真っ白に洗浄《せんじょう》された。

狼面の男の激《はげ》しい斬撃《ざんげき》に近づくことすら許《ゆる》されず、ニーナはその場で膝《ひざ》を突《つ》いた。

「くっ……」

「剄脈《けいみゃく》が制御《せいぎょ》できず苦しかろうに、よく戦っていられるものだ」

「この程度《ていど》っ！」

「いまだ廃貴族《はいきぞく》に支配《しはい》されないその意志《いし》力だけは評価《ひょうか》に値《あたい》するな」

狼面の男の声には、共感の響《ひび》きがあった。

「だが、意志力だけではどこにも辿《たど》り着けん。お前はここで断《た》つ」

「させるものかっ！」

ニーナは立ち上がり、鉄鞭《てつべん》を構《かま》えた。慣《な》れた重さのはずなのに、いまはそれを持ち上げるだけで苦痛《くつう》を感じる。だが、次の瞬間にはとてつもなく軽いものを持っているような感じになり、力の加減《かげん》を誤《あやま》りそうになる。その次の瞬間には再び重くなる。内力系活剄が安定していない証拠《しょうこ》だ。不整脈にでもなったかのような息苦しさに、ニーナは身動きが取れない。

ニーナの中に入り込《こ》み、ツェルニによってその力を抑《おさ》えられた廃貴族が暴走《ぼうそう》しているのだ。汚染獣《おせんじゅう》への憎悪《ぞうお》を根源《こんげん》とした廃貴族の力、それに身を任《まか》せるようなことになれば、おそらくディンのような結末が襲《おそ》うことになるだろう。

狼面の男は動かない。機関中枢《ちゅうすう》に近づかせない、そして離《はな》れない。ニーナがこんな状態《じょうたい》だというのに、勝利の予感に身を任せたりはしないため、隙《すき》は一分もない。自らの役目を徹底《てってい》することで勝利を揺《ゆ》るぎないものにしている。

「こんなところで負けるわけにはいかないっ！」

学園都市《ツェルニ》に戻らなくてはいけないのだ。レイフォンたちがいるあの場所に。ニーナがやらなければいけないこと、やりたいと願うことはツェルニにある。

「目的がある者同士の戦いは、いつだってどちらも負ける気はない」

狼面の男の淡々《たんたん》とした対応《たいおう》、立ち上がりざまに飛び出して放った一撃《いちげき》はなんなく受け止められ、逆《ぎゃく》に鋸状《のこぎりじょう》の刃《は》に左足の肉を抉《えぐ》られた。

「ぐっ……」

動きを止めればそこでとどめの一撃がやってくる。ニーナは転がって距離《きょり》を稼《かせ》いだ。まるで壁《かべ》を相手にしているかのようだ。その上、ニーナの体調は万全とは程遠《ほどとお》い。

（くそっ）

湧《わ》き上がる絶望《ぜつぼう》を振《ふ》り切り、立ち上がる。肉を抉られた激痛《げきつう》がさらに動きを縛《しば》る。振り切った絶望が執拗《しつよう》に手を伸《の》ばしてくる。廃貴族の力があって初めて勝てる相手だということはもうわかっている。だがいまは廃貴族によって普段《ふだん》以下の力しか出ない。その現実《げんじつ》を糧《かて》にして、絶望がニーナの足を摑《つか》んでくる。

実力の伴《ともな》わない理想。小隊を結成した時から、ずっとニーナを摑んで離《はな》さない絶望の影《かげ》。それを振り切るために、より強い意思を、決意を、邁進《まいしん》することを恐《おそ》れない心を。

「わたしにあるものは、ただそれだけしかない」

その事実をどう受け止める？

立ち上がる。心の強さすらも失って、無様を晒《さら》すことは絶対に許《ゆる》さない。誰が？　ニーナ自身がだ。

「あああああっ！」

叫《さけ》び、立ち上がる。狼面の男は動じない、揺るぎない勝利の位置で、剣《けん》を黙《だま》ってニーナに向ける。

その時だ。

「む？」

「なんだ？」

二人が、同時にそれを感じた。

不可解《ふかかい》な気配が視線《しせん》をお互《たが》いから引き剝《は》がす。

その先にいたのは、リーリン。

リーリンが呆然《ぼうぜん》とそこに立っている。両手で包み込むようにしてマイアスを抱《だ》いているのは変わりない。だが、その目はなにもない虚空《こくう》を見つめている。

その視線の先に、突如《とつじょ》として現《あらわ》れた。

なにが？

なにか、だ。

「なんだ……？」

そこになにかがいるのがわかっている。殺到で意識《いしき》的に相手の注意をそらしているわけではない。それでは、そこにいるとわかった時点で効果《こうか》を失う。そうではない。気配を放ちながら、相手に自分の姿《すがた》を認識《にんしき》させようとしないのだ。相手の認識を意識的に操作《そうさ》しているのだ。

「なんだ……おまえは、いや、まさか……」

狼面《ろうめん》の男が、初めて動揺《どうよう》を見せた。

「知っているぞ……おれではない、イグナシスがおまえを知っている。そういうことなのか？　武芸者《ぶげいしゃ》ではないただの人間がこの場所にいる理由は、そういうことなのか!?」

目に見えない存在《そんざい》に、狼面の男は叫んでいる。

「…………」

そこにいるなにかは、答えない。

代わりに、新たなる声が空気を震《ふる》わせた。

「最悪です。まったくもって最悪です」

リーリンの背後《はいご》から、声の主は現れた。ニーナには覚えがある。食堂でリーリンとともにいた武芸者だ。

「せっかく都市の外に出たというのに、まるで僕《ぼく》の意思がない。その上、つまらない戦いにばかりかり出される」

いつからそこにいたのだろうか？　青年は驚《おどろ》く様子もなくニーナや狼面の男を見ている。明らかに異常《いじょう》な状態《じょうたい》のリーリンに驚いていない。

ずっと、様子を見ていたというのだろうか？

「僕の役目はこちらの女性《じょせい》の護衛《ごえい》でしてね。害意がこちらに向かない限《かぎ》り放っておこうと思っていてあげたのに。それを許《ゆる》さないとこの方は仰《おっしゃ》っているのですよ。実際《じっさい》、この都市の運命なんて僕にはどうでもいいことですし」

青年の目が見えないなにかに向けられる。見えているのか？　少なくとも、そこにいる

のがなにかはわかっている顔だ。

「……天剣授受者《てんけんじゅじゅしゃ》か？」

「失礼。サヴァリス・クォルラフィン・ルッケンスと言います」

狼面の男に、サヴァリスはにこやかに挨拶《あいさつ》を返した。

（天剣授受者だって？）

ニーナは声が出そうになったのを無理に押《お》しとどめ、サヴァリスを見た。

この男が、レイフォンと同じ天剣授受者だというのか？　それに、ならばどうしてこんな場所に？

「こんな場所で僕の素性《すじょう》がばれてしまう。まったく不可解な状況《じょうきょう》ですが、なんとなくこうであろうなという予測《よそく》を立てることはできます」

サヴァリスは狼面の男を見ながら言った。

「イグナシスの下《した》っ端《ぱ》ですね。初代ルッケンスがあなたたちと戦ったことがあるそうです。我《わ》が家では、初代はすでに英雄譚《えいゆうたん》の人間ですからね、脚色《きゃくしょく》された武勇伝の一つだろうと思っていましたが、どうしてどうして、我が家は意外にも無駄《むだ》が嫌《きら》いだったようだ」

常《つね》に笑っているようなその瞳《ひとみ》が狼面の男を凝視《ぎょうし》する。

「まったく……この場にいるのが僕でよかったという話です。初代の話を知っていなければ、この方の願いをかなえようなんて思いもしなかったはずですよ。怪物《かいぶつ》たちの都の、真なる意思をかなえて差し上げようなんて……ね」

瞬間《しゅんかん》、サヴァリスが消えた。

移動《いどう》したのだ。一瞬で狼面の男の前に立ったサヴァリスはその首を掴《つか》んでいた。

「ぐっ」

首を絞《し》め、持ち上げる。吊《つ》り上げられながら狼面の男は手にした剣をサヴァリスに振《ふ》り下ろした。だが、鋸《のこぎり》状《じょう》の刃《は》は、肉を裂《さ》くことなく空いた手で受け止められた。次の瞬間、剣は柄《つか》を残してぼろぼろと崩《くず》れていく。レイフォンも使っていた武器破壊《ぶきはかい》の剄技《けいぎ》を、素手《すで》で行ったのだ。

サヴァリスから放たれた凄《すさ》まじい剄の圧力《あつりょく》がニーナの体を打つ。

狼面の男が強固な壁《かべ》だとすれば、サヴァリスは壁をものともしない破壊の風だ。

「イグナシスに伝えなさい」

首を絞めながら、サヴァリスはにこやかに告げた。

「こんなつまらない戦い方では僕たちに届《とど》くことなんて、永遠《えいえん》にありえないと」

次に起こったことに、ニーナは目を背《そむ》けた。骨《ほね》の砕《くだ》ける嫌《いや》な音が耳を打つ。

「それが、真なる意思に力を預《あず》けられた者の強さですよ」

ドサリと音がした。サヴァリスが手を離《はな》したのだ。

だが、ニーナが視線《しせん》を戻《もど》した時、そこには狼面の男の姿《すがた》はどこにもなかった。

「ふむ、殺しきれないという話は本当のようですね。そこのところだけは厄介《やっかい》だ」

なにもない床《ゆか》を見つめて、サヴァリスが呟《つぶや》く。

その視線がニーナを見た。

「……あなたは、突然《とつぜん》に現《あらわ》れたように見えた。なるほど、この世界には僕たちに関係していながら関《かか》われない戦いがある。初代の言葉に嘘《うそ》はないということだね」

「あなたは……本当に天剣授受者か？」

「そうですよ」

サヴァリスは簡単《かんたん》に頷《うなず》いた。

「あなたまで知っているとはね。それは……リグザリオでしたか、それからの情報《じょうほう》？」

「いや……違《ちが》う」

暴風《ぼうふう》のように、突然やってきて全《すべ》てを吹《ふ》き飛ばしてしまったこの男は、笑っているのに冷《さ》めた視線でニーナを観察していた。

「他のどこで天剣授受者なんて言葉が出回っているのか……あなたがレイフォンを知っているというのなら、話は別になってくるのですがね」

隠《かく》そう。反射的《はんしゃ》にそう思った。なぜだか、この男にレイフォンのことを知られるのは、とても危険《きけん》な気がしたのだ。

「どうやら、当たりのようです」

「っ！」

だが、サヴァリスの瞳はニーナの微細《びさい》な表情の変化を読み取っていた。

「あなたの中の剄のぶれ、もう収《おさ》まっていると思いますが？」

「え？　あ……」

言われて、初めて気付いた。もう体がいうことをきかない気持ち悪さがない。

「真の意思があなたの中の廃貴族《はいきぞく》の力を抑《おさ》えました。この方は全《すべ》ての電子精霊《せいれい》の原型。最上位の命令を他の電子精霊に下せる。狂《くる》っていようと、それは覆《くつがえ》せない」

靴《くつ》の音、サヴァリスが近づいてくる。ニーナは距離《きょり》を取ろうとしたが足が思うように動かない。廃貴族が暴《あば》れているためではない。サヴァリスの瞳に射貫《いぬ》かれているためだ。

「レイフォンを知っているということは、君はツェルニの生徒だね。なら、レイフォンに伝えてもらおうかな。役立たずの傭兵《ようへい》に代わって、僕が行く。廃貴族はグレンダンに持ち帰る。その手段《しゅだん》はすでにあることがわかった」

「なんだって……？」

「君の中にあるものの話だよ」

すぐ側《そば》に立たれる。顎《あご》を摑《つか》まれ強引に上を向かせられた。

笑っていながら笑っていない瞳がすぐそばにある。凶暴《きょうぼう》な気配がニーナを飲み込もうとしていた。

「無様を晒《さら》しているのなら、僕が殺してあげよう。持て余《あま》しているのなら僕が食らおう。君にもはや力が必要ないというのであれば、ね」

顎から手が離《はな》れた。力が抜《ぬ》ける。

しりもちをつきそうになるのを堪《こら》える中、サヴァリスはもはや興味《きょうみ》なしと言いたげにニーナに背中《せなか》を向けた。

あの、不可思議《ふかしぎ》な気配はすでにどこにもなく、リーリンの、時間が止まったかのような呆然自失《ぼうぜんじしつ》だけがそこに残っていた。

「レイフォンに伝えておいてください」

サヴァリスはそう言うと、リーリンの傍《かたわ》らを抜けてその場から去っていった。

†

「……………………………………………………………………………………え？」

いま、なにが起こったのか。

「あれ？　ええと……」

思い出そうとしても、うまくいかない。なにか、大事なことがあったような気がするのだけれど……

「そういえば……あれ？　わたし、ここに何しに来てるんだっけ？」

機関部の前に呆然と立っている自分がよくわからない。

「あれ？」

ふと気付く。胸《むね》の前でまるでなにかを持っていたかのように手を合わせている。そこにはなにもない。だけど、なにかがあったような、そんなぬくもりだけは残っていた。

その手に、熱い雫《しずく》が落ちてくる。

「……なに？」

雫の感触《かんしょく》は頬《ほお》にもあった。手で撫《な》でる。指先を濡《ぬ》らす感触に驚《おどろ》いた。

「どうして、わたし……泣いてるの？」

そうだ。なにか大切なものに出会ったような気がしたのだ。失ってはいけない、大切なものに……

ゴウン……

震動音《しんどう》がリーリンの全身を撫で、周囲を震《ふる》わせた。

「あ……」

視線《しせん》を上げる。目の前にそびえる小山のような機械が下部から伸《の》びたパイプを青く光らせながら、震えている。

その震動はまるで血液《けつえき》を循環《じゅんかん》させるようにリーリンの周囲に、そしてオレンジ色の照明に照らされた地下全体に行き渡《わた》ろうとしている。

「機関部が動き出した」

都市の足が動き出す。これで、汚染獣《おせんじゅう》に嗅《か》ぎつけられる危険性《きけんせい》が格段に減《へ》る。

マイアスの危機は去った。

「やったよ！」

不意に起こった喜びを伝えようとして、リーリンはさらに呆然とすることになる。

誰《だれ》に伝えていいのか、わからなかった。

†

リーリンのその姿《すがた》を、ニーナは物陰《ものかげ》から見守っていた。

「記憶《きおく》を失っている。……レイフォンの時と同じか」

だが、レイフォンの時とは状況《じょうきょう》が違《ちが》う気がする。ここでのリーリンの役目は、あの時のニーナと同じはずだ。

「しかしわたしは、あの仮面《かめん》の奥《おく》を覗《のぞ》いたものな。その違いか……？」

そうだろうと思いたい。なにより、武芸者《ぶげいしゃ》としての力を持たないリーリンにこの運命は過酷《かこく》すぎる。

「自律型移動都市《レギオス》を作った錬金術師《れんきんじゅつし》……この世界がこうなったのも彼らが原因《げんいん》なのか？」

誰も知らない自律型移動都市《レギオス》以前の世界。もしかしたらニーナは、過去《かこ》の原因に繋《つな》がるなにかに接触《せっしょく》しているのかもしれない。

「しかし、だとしたらなぜ、リーリンはわたしを呼《よ》ぶ役目を担《にな》った？」

この都市の住人でもない、ただの旅人であるリーリン。

しかし、彼女にはなにかがある。あの、見えなかったなにかにしてもそうだ。

サヴァリスのことにしてもそうだ。どうして天剣授受者《てんけんじゅじゅしゃ》が彼女を守っている？

彼女には、なにか秘密《ひみつ》があるのか？

「色々、解決《かいけつ》していないな」

消化不良の気分でニーナは首を振《ふ》る。

その原因を探《さぐ》っている暇《ひま》はない。

「そろそろ、戻《もど》る時がきたか？」

自分の体が段々《だんだん》とぼやけていくのがわかる。ニーナの意識《いしき》はこの都市から去ることになるだろう。

「戻るのはツェルニか……それとも」

このまままた別の都市に飛んで狼面衆《ろうめんしゅう》たちと戦うことになるのか？

ニーナをこの道に送ることになったディックはいまもどこかでこんな戦いを続けているのか？

「わたしにはやることがある」

戻らなければならない。自分の本体がどうなっているのかわからないが、不在《ふざい》のままでは仲間たちに心配をかける。

まして、廃貴族《はいきぞく》の影響《えいきょう》がツェルニの機関部から消えうせているのかどうかが気になる。

もし、消えていなければツェルニは危険な状況にあることになるし……

「レイフォンのことだ。きっと、自分を責《せ》めているだろうな」

安心させてやらなければならない。

「帰らなければ」

その想《おも》いよ届《とど》けと強く念じ……

「もしかして、あのリーリンは本当に……？」

そんな疑問《ぎもん》を微《かす》かに覚えながら、ニーナはマイアスから姿を消した。

# 06　剣の主

君の出番だと、カリアンは驚《おどろ》くほどに冷静な様子で言った。

「勝てる自信がありません」

汚染獣《おせんじゆう》に先導《せんどう》される……信じがたい状況の中でランドローラーを操《あやつ》りながら、レイフォンはサイドカーに乗るカリアンに話しかけた。

何期かすらもわからないほどに古びた老性体《ろうせいたい》。その、瞬間《しゆんかん》の訪問《ほうもん》の後に駆《か》け抜《ぬ》けた衝撃《しようげき》は、ツェルニ中を震撼《しんかん》させた。カリアンがすばやく特別編成隊《へんせいたい》に攻撃《こうげき》中止命令を出したのは老性体の言葉を信じたのか、それともそのあまりの迫力《はくりよく》に絶望《ぜつぼう》したためなのかは、レイフォンたちにはわからなかった。

だが、特別編成隊と戦闘《せんとう》をしていた汚染獣は、無抵抗《むていこう》となった武芸者たちに反撃の牙《きば》を向けることなくツェルニにまっすぐにやってき、そして都市の上空を旋回《せんかい》し続けた。

群《むれ》の長……つまり生徒会長であるカリアンの準備《じゆんび》が整うのを待っているのだ。

そしてカリアンは、レイフォンにのみ随行《ずいこう》するようにと命じた。

「あれほど古い汚染獣を見るのは初めてです。人の言葉を話すのだって初めて知ったぐらいです。勝てる気がしない」

「戦う必要があるのかどうかは、まだ決まったわけではないよ」

ヘルメットに包まれたカリアンの顔は見えない。だが、念威端子《ねんいたんし》を通じて聞こえてくる言葉には落ち着きのみしか感じられなかった。

「戦うつもりなら、あの瞬間に我々は滅《ほろ》んでいたのではないかな？」

「それは、そうかもしれないですけど……」

念威で声を中継《ちゅうけい》しているのはフェリではない。フェリはいまだ回復《かいふく》しておらず、医者からの許可《きょか》が下りなかったのだ。仕方なく、帰還《きかん》中だった特別編成隊と合流し、第一小隊の念威繰者に協力を依頼《いらい》した。

「なにより私が興味《きょうみ》深く感じるのは汚染獣の強さではなく、彼らが交渉《こうしょう》を申し入れてきたことだよ」

「交渉って感じではなかったように思えましたけど……」

見るからに居丈高《いたけだか》という風だった。

「そうだとしても問題はない」

サイドカーのカリアンは背《せ》もたれに体を預《あず》けて手を組んでいる。そこには余裕《よゆう》が窺《うかが》えた。

「人語を解するというだけで、すでに交渉の余地《よち》があるということさ。後は相手の価値《かち》観を早い段階で理解する。それでどういう手札を切ることができるのか、決められる」

本当に交渉をするつもりのようだ。そんな考えには到底《とうてい》なれないレイフォンは重い気分でアクセルを回した。

先導する汚染獣は、こちらの速度に合わせるようにして飛んでいる。

整地を走っているわけではない。駆け抜けた急斜面《しゃめん》の先に下り坂はなく、ランドローラーは数瞬宙《ちゅう》を駆け、着地した。

「前々から疑問に思っていたのだがね」

大きく跳《は》ねる中、車体にしがみついて衝撃をやり過《す》ごしながら、カリアンは大声を上げた。

「汚染物質《ぶっしつ》のみで生きることができる汚染獣は、本当に人の肉を必要としているのだろうか？」

「え？」

「汚染獣の生態《せいたい》は、君の話も含《ふく》め、色々と調べていた。都市における最も有益《ゆうえき》な情報《じょうほう》とは、汚染獣への対処法《たいしょ》だ。無傷《むきず》で汚染獣との戦闘を回避《かいひ》することができるのならば、それに越《こ》したことはないからね」

汚染獣との戦闘には必ず被害《ひがい》が出る。どんな都市でも戦闘になれば必ず武芸者《ぶげいしゃ》の一人や二人は当たり前に死ぬ。それはグレンダンだって変わりはない。いまのツェルニのように頻繁《ひんぱん》に汚染獣との戦闘を繰《く》り返すグレンダンで天剣授受者《てんけんじゅじゅしゃ》を出ずっぱりにしていては、逆《ぎゃく》に戦力の低下を招《まね》くことになるからだ。

そのことをレイフォン自身が証明《しょうめい》していた。

「でも、汚染獣は襲《おそ》ってきます」

「そうだ。なぜだろうね」

無邪気《むじゃき》に尋《たず》ね返され、レイフォンは答えに窮《きゅう》してしまった。

「だが、幼生体時《ようせいたい》の共食いが非常手段《ひじょうしゅだん》ではなく、より良き種を残すための通過儀礼《つうかぎれい》を兼《か》ねた捕食行為《ほしょくこうい》であるなら、彼らの概念《がいねん》の中に共食い＝悪という考え方は存在《そんざい》しないはずだ」

「でも、そんなこと考えていないかもしれませんよ？」

「そう、そこが問題だ。人間だって赤ん坊《ぼう》の時から明確《めいかく》な意識《いしき》があるわけじゃない。人間という手っ取り早い餌《えさ》があるからそこに群《むら》がるんだ。では、成体となった汚染獣は？　やはり同じように汚染物質を吸収《きゅうしゅう》するよりも手っ取り早く栄養を供給《きょうきゅう》できるからか？　そうであったとして、では、その成体には論理《ろんり》的思考が可能《かのう》なのか？　人語を解《かい》することはなくとも、他の汚染獣とコミュニケーションを取ることは可能なのか？　だとしたら方法はなんだ？　汚染獣語といっても過言ではないほどに複雑《ふくざつ》緻密《ち　みつ》なコミュニケーション方法を獲得《かくとく》しているのか？」

レイフォンの冷《さ》めた返答に、カリアンは逆《ぎゃく》に興奮《こうふん》する様子を見せた。

「それらの疑問《ぎもん》が解消《かいしょう》された時、汚染獣問題に新たな解決方法が見出されることになるかもしれない」

「会話で解決ですか？　でも、お腹《なか》を空かせている人たちに食べ物はやれないなんて言って、通じますか？」

貧《まず》しい院生活を経験《けいけん》しているレイフォンには納得《なっとく》できない。

「幼生体に対しては武力で応《おう》じるしかないかもしれないがね。だが、成体が基本《きほん》的に交渉可能な知性《ちせい》を持っているのだとしたら可能かもしれない」

「どうやってです？」

「彼らが都市を襲う理由だよ。純粋《じゅんすい》に人の肉でなければならないのか、それとも動物が基本的に持ったんぱく質等の、諸々《もろもろ》高い栄養素《えいようそ》なのだとしたら、彼ら用の食糧《しょくりょう》を生産しておけばいい。その上で都市に生じる食料資源《しげん》の損失《そんしつ》を都市外にある鉱物《こうぶつ》資源等を運ばせることによって補填《ほてん》させるのだよ」

レイフォンは黙《だま》って首を振《ふ》った。

それはつまり、汚染獣《おせんじゅう》相手に都市が商売をするということだ。

汚染獣がお金を持って都市に買い物にやってくる……それを想像《そうぞう》するだけでばかばかしい絵ができあがる。

「現実的《げんじつてき》じゃあないですよ」

「だが、やってみる価値《かち》はある。それに……」

汚染獣の速度が緩《ゆる》んだ。地面は緩やかな平野となり、揺《ゆ》れも少ない。カリアンは再《ふた》び背もたれに身を預け、手を組んだ。

「あの老性体が問答無用に都市を襲うことなく、群《むれ》の長を来させろと言った理由も気になるからね」

「…………」

それはレイフォンも気になるところだ。

ランドローラーの速度は変わらないのに、汚染獣の速度はさらに緩やかになった。目的地が近い証拠《しょうこ》だ。

「さて、汚染獣の集落なんて前人未到《みとう》ではないかな？」

いまだ好奇心《こうきしん》を保《たも》つことのできるカリアンの精神力《せいしんりょく》に呆《あき》れながら、レイフォンは慎重《しんちょう》に周囲に気を配った。だが、汚染獣らしき飢餓《きが》を孕《はら》んだ凶悪《きょうあく》な殺気を感じることはない。

そして不意に、景色が変わった。

慌《あわ》ててブレーキを握《にぎ》り締《し》める。急制動《せいどう》にランドローラーは後輪を滑《すべ》らせて停止した。

「なんだ？」

カリアンの驚《おどろ》きの声がくぐもって聞こえた。ヘルメット越《ご》しの声だ。

フェイススコープの視覚補助《しかくほじょ》が途絶《とだ》え、視界が狭《せま》くなる。

「応答《おうとう》を」

呼《よ》びかけても念威繰者《ねんいそうしゃ》からの返事はなかった。

「どういうことだい？」

「念威が遮断《しゃだん》されているのかもしれません。気をつけて」

ランドローラーに乗ったまま錬金鋼《ダイト》を抜《ぬ》こうとしたレイフォンを、カリアンが止めた。

「待ちたまえ、我々《われわれ》は交渉《こうしょう》に来たのだ。こちらから相手を刺激《しげき》するような真似《まね》をしてはいけない」

「でも……」

「相手の反応《はんのう》を見るんだ」

カリアンがサイドカーから降《お》りた。

周囲には変わらず荒野《こうや》が広がっている。乾《かわ》いた大地はささくれ立っている。だが、空気に滲《にじ》む色がひどく透明《とうめい》な気がした。

空を見る。汚染獣がいる場所はいつも錆《さ》びた赤色をしているというのに、ここでは都市にいても滅多《めった》に見ることができない、透《す》き通った水面のような空がどこまでも続いていた。

明らかに、いままで走っていた場所とは違《ちが》う。

「空間全体にホログラフをかけているとか、そういうことなのかな？」

「そんな技術力《ぎじゅつ》が……」

レイフォンは、カリアンの言葉を確《たし》かめるために周囲を見回した。

都市外装備《そうび》越しでは空気のにおいを嗅《か》ぐこともできないし、直接触《ちょくせつさわ》ることもできない。見回すだけでは本物と偽物《にせもの》の区別はつけられなかった。

「おや……？　レイフォン君、あれはなんだい？」

カリアンが指差す方向を、レイフォンは活剄《かっけい》で強化した視力で覗《のぞ》いた。

ランドローラーで少し走る距離《きょり》だろうか、尖《とが》った岩山がまさしく牙《きば》のように並《なら》ぶ向こうになにかある。

岩山の列が邪魔《じゃま》をしてよくわからない。レイフォンは目を細めて詳細《しょうさい》を確かめ、

「え？　……まさか」

驚きに目を瞠《みは》った。

「なんだい？」

「乗ってください」

カリアンをサイドカーに再び乗せると、レイフォンは全開にアクセルを回した。

「なにがあったんだい？」とカリアンは尋《たず》ねてこない。

予想よりもわずかに時間がかかって、その場所に辿《たど》り着いた。

「これは……」

近づく内にカリアンにもそれがなにかわかったようだ。サイドカーから降りると夢遊病《むゆうびょう》者《しゃ》のような足取りでその前に立った。

まず、ヘルメットを震わせる激しい水音がレイフォンたちを出迎える。

「湖……それに滝？」

牙の列が囲む中に広大な湖が広がっていた。さらに対岸には幅《はば》の広く高さのある滝があり、濛々《もうもう》たる水煙《みずけむり》と轟音《ごうおん》が湖を覆《おお》っている。

「ホログラフではないようだね」

やや呆然《ぼうぜん》とした声で、カリアンがヘルメットの表面を撫《な》でてグローブを確かめた。レイフォンの視界にも、いくつもの水滴《すいてき》が張《は》り付いている。

さらに湖の周辺には青々とした草が生え、可憐《かれん》な色を宿した小さな花がそこかしこに群《ぐん》生《せい》している。

大地の全《すべ》てが汚《お》染物質《せんぶっしつ》によって乾き、汚染獣《じゅう》以外のあらゆる動植物が絶滅《ぜつめつ》したと思われていた。

それなのに、汚染獣に導《みちび》かれた場所がこんなところだなんて……

「汚染物質の影響《えいきょう》を受けていないのかな？　ここは？」

呆然として声もないレイフォンの横で、カリアンは冷静に呟《つぶや》いている。

「そんな、まさか……」

「持ち帰って調べてみないとわからないけれどね。それにしても、ここに住む汚染獣は私たちの認識《にんしき》を裏切《うらぎ》ってばかりいるね」

カリアンはそこにある草を土ごと掘《ほ》り返すと、腰《こし》に吊《つ》るしたバッグに収《おさ》めた。

「さて、見せたいものは見せてもらえたのだろうし、そろそろ姿《すがた》を現《あらわ》してもらえないかな？」

「ほう、気付いていたか」

その声とともに、あの古びた汚染獣の姿が湖上に現れた。姿を消していたのか、それともツェルニに現れた時のように瞬間移動《しゅんかんいどう》的な能力《のうりょく》を使ったのかわからないが、まるでさきほどから会話に混《ま》ざっていたかのような調子でカリアンに話しかけた。

「群《むれ》の長に相応《ふさわ》しい見識を持っているようだ」

「恐縮《きょうしゅく》です。ですが、あなたがたの真意まではわかりませんが」

応《おう》じるカリアンにも驚《おどろ》きや動揺《どうよう》の様子はない。

レイフォンはそうはできない。錬金鋼《ダイト》に手をかけはしたが、なんとか抜くことは堪《こら》えて慎重《しんちょう》に汚染獣の様子を観察した。

大質量《しつりょう》がその場に現れたというのに、湖面には小波《さざなみ》一つ起きていない。

（幻《まぼろし》……？）

だが、声に宿る圧迫《あっぱく》感は本物だ。その長い首、巨大《きょだい》な胴体《どうたい》、折りたたまれた翼《つばさ》、全《すべ》てが現実《げんじつ》にその場にあるとしか感じられない。

「ほう……」

「ところで、あなたには個体《こたい》名というものはあるのでしょうか？」

巨大な瞳《ひとみ》に見つめられても怯《おび》えることもなく、カリアンは尋《たず》ねる。

「長らく使っていなかったが、人はかつて、我《われ》をクラウドセル・分離《ぶんり》マザーⅣ・ハルペーと呼《よ》んだ」

「では、ハルペーと呼んでもかまいませんか？」

「好きにするがいい」

ハルペーは長い首で鷹揚《おうよう》に頷《うなず》いた。

「では、ハルペー。私が推測《すいそく》する、あなたが私たちをここに呼んだ真意はこうです。一つは、人が汚染獣と呼ぶあなたがたが、人とコミュニケーションを取ることが可能《かのう》であることを示《しめ》すため。二つ、現在《げんざい》の人類にとっては脅威《きょうい》である汚染獣だが、この世界という広い視野《しや》から見た場合、別の役割《やくわり》を持っていることを示すため。三つ、あなたが人との戦闘《せんとう》を望んでいないため。以上です」

カリアンは一息に言い切ると返答を待つ生徒のようにハルペーを見上げた。

「くくく、最初の二つはともかく。我が人との戦闘を望んでいないと思ったのか？」

「ええ。そうであるなら、あの瞬間にツェルニは滅《ほろ》んでいたでしょう。そうでなかった以上、あなたは人との戦闘を望んでいない。そして、自律型移動都市《レギオス》がこの領域《りょういき》に来ることを望んでいない」

鼻を鳴らしたハルペーは目を細めてカリアンを見つめた。

「ずいぶんと頭の回る長だ。よかろう。別種の生命体と腹《はら》の探《さぐ》りあいをしたくて呼んだわけではない。話すべき真実を話し、聞くべき事実を聞くとしようか」

「有益《ゆうえき》な交渉《こうしょう》は私の望むところです」

カリアンも満足げに頷《うなず》いた。

「では、まずこちらから質問《しつもん》させてもらおう。なにゆえ、あの都市はこの領域に足を踏《ふ》み入れた？　正常《せいじょう》な都市であるなら、この場所に立ち入るような真似《まね》はせぬはずだ」

ハルペーの質問にカリアンは素直《すなお》にツェルニの実情《じつじょう》を話した。壊《こわ》れた都市との接触《せっしょく》、廃《はい》貴族《きぞく》の侵入《しんにゅう》、そして機関部を占拠《せんきょ》されて現在は暴走状態《ぼうそうじょうたい》にあるということを。

「廃貴族……壊れた電子精霊《せいれい》か。ふむ、なるほど……。我らに対する憎悪《ぞうお》か」

ハルペーは長い首を曲げ、胴体に申し訳程度《わけていど》にあるような細い前足で顎《あご》を掻《か》いた。

「システムを侵蝕《しんしょく》されての都市の暴走というわけか」

「ええ、ですからこの場所に来たことは私たちの、ひいてはツェルニの電子精霊の意思ではありません。そのことは留意《りゅうい》していただきたい」

「よかろう。我《わ》が領域への不当な侵入に対しては不問とする」

「ありがとうございます」

あっさりとハルペーとの話が進んだのを、レイフォンは信じられない思いで見守った。

「だがそれは、あの都市がこれ以上の侵入をしなければの話だ。いまは足を止めているが、廃貴族とやらがこれ以上の侵入を強行しようとするのならば、我らは全力で排除《はいじょ》する」

「……承知《しょうち》しました」

「では、次はこちらの話だな。お前たちがあの乗り物でしていた話は聞いている」

「それは……」

「我はクラウドセル・分離マザーⅣ。我が領域で起こる全《すべ》てを知ることができる」

「恐《おそ》れ入りました」

「うむ。では、お前の言っていた商取引だが、実現は不可能だ。我が制御《せいぎょ》下にあるものであればその取引に応《おう》じることも不可能ではなかろうが、それ以外の地域にいるものたちを制御することはすでに不可能となっている。そして、この領域に足を踏《ふ》み入れる都市は存《そん》在《ざい》しない」

「残念です」

「早急に解決《かいけつ》すべきだな。行動限界《げんかい》と生存能力の低い人間では、世界に満ちた同種たちを相手にし続けるのは難《むずか》しいだろう」

「まさしくその通りです。そこでお尋《たず》ねしますが、ハルペーは廃貴族に対して有効《ゆうこう》な手段《しゅだん》となりうる情報《じょうほう》をお持ちではないでしょうか？」

「ない。我はクラウドセル・分離マザーⅣ・ハルペー。我が目的は世界の果て、オーロラ・フィールドを監視《かんし》し、守護《しゅご》すること。人類保全《ほぜん》プログラムの管理者情報は有していない」

オーロラ・フィールド、人類保全プログラム。聞いたことのない言葉が並《なら》ぶ。

(それに、なんだかこの汚染獣《おせんじゅう》は……)

「……なるほど、わかりました」

レイフォンが違和感《いわかん》を覚える中、カリアンはなんの反応《はんのう》も見せずに頷いた。

「では、都市に戻《もど》って現状を打開する方法を探《さが》すことにしましょう。ハルペー、できればその間はこの領域にいることをお許《ゆる》しください」

「……その必要はない」

ハルペーが長い首を持ち上げて答えた。視線は空を突《つ》き、折りたたんだ翼《つばさ》を広げる。

「お前たちの都市は我が領域の外へと動き出した。急いで戻るが良い」

風圧《ふうあつ》でよろけるカリアンを支《ささ》えていたレイフォンはその言葉に驚《おどろ》いた。

「動いてるって……?」

しかもこの領域から出る行動……それはつまり、汚染獣から逃《に》げようとしているということか?

それはつまり……?

「急ごう、都市の足はランドローラーとそう変わりない。完全に追いかける立場に回ってしまうと厄介《やっかい》だ」

腕《うで》の中でカリアンが言った。

気がつけばハルペーの姿《すがた》はなかった。名前を持つ汚染獣の気配は完全に失われている。本当に、そこにいたのが幻《まぼろし》のようだ。

「わかりました」

二人してランドローラーに乗り込《こ》み、アクセルを吹《ふ》かす。

(目覚めたんですか？　隊長)

確《たし》かめなければいけない。それが単なる妄想《もうそう》ではないという事実を。

タイヤが乾《かわ》いた大地を噛《か》み、疾走《しっそう》を開始する。しばらく走ると再《ふたた》び景色が変わった。

「おおっ！」

カリアンの叫《さけ》びがエンジン音に切り裂《さ》かれながらヘルメットを叩《たた》いた。

レイフォンたちが進むのを見送るように汚染獣の成体が並《なら》んでいるのだ。

「壮観《そうかん》だね！」

自分が人形になって見下ろされている気分だ。カリアンもそれは変わらないようで、ハルペーには堂々とした態度《たいど》を見せたというのに、いまは叫んだ声が裏返《うらがえ》っている。

「……急ぎましょう」

アクセルを全開にして速度を上げる。レイフォンたちを見下ろす汚染獣の数は十数体。

全て、ハルペーと似《に》たような姿をしている。幼生体《ようせいたい》から成体へと変化した時の形は、同じ母体から生まれた汚染獣《おせんじゅう》でも違《ちが》うはずなのに。

(なんだか、気持ち悪いな)

ランドローラーの速度を緩《ゆる》めることなく、走り抜《ぬ》ける。

「だめだ、まだツェルニとの連絡《れんらく》が復活《ふっかつ》しない！　こちらの方角で合ってるのかい⁉」

「方角は間違ってません」

ただ、わずかでもずれていればツェルニに到着《とうちゃく》することはないだろう。それに動き出したというのなら、ツェルニがどう移動《いどう》するかにもよる。

汚染獣たちの姿も消え、見渡《みわた》す限《かぎ》りの荒野《こうや》をひた走る。

「あれは……」

進行方向になにかを見つけ、レイフォンはランドローラーを止めた。

「どうしたね？」

「これ、都市の足跡《あしあと》ですね」

ランドローラーのすぐそこに大きな穴《あな》ができている。人工的な四角い穴だ。掘《ほ》ったのではなく、乾いた大地を割《わ》り、大質量《しつりょう》で押《お》しつぶしたのだとわかる穴だった。

さらに見渡せば、同じような足跡が等間隔《かんかく》にできている。

「この足跡を追えば、とりあえずは見失うことはなさそうだね」

問題は、追いかけるだけでは追いつけないだろうということだ。

「連絡がつけば、回り込みもできるのだがね」

「とりあえず、追いかけましょう」

こうしてレイフォンは一昼夜、ランドローラーを走らせて都市の足跡を追った。

夜。レイフォンは大丈夫《だいじょうぶ》だがサイドカーに乗るカリアンの体力を考えて休憩《きゅうけい》をする。

「どうかしたかね？」

「いえ……」

サイドカーから降《お》りて休んでいるカリアンに、レイフォンは振《ふ》り返らずに答えた。

背後《はいご》にずっと、なにかが潜《ひそ》んでいるような感覚がある。

（汚染獣？　それとも、ハルペーが見ている？）

大人しく出ていくのか監視《かんし》しているだけなのかもしれないが、言いようのない気持ち悪さがあった。

（あれって、どう考えても機械っぽかったな）

ハルペーのことだ。あの古びた汚染獣の言動は意思を持つ機械としか思えないものがある。

（やっぱり、汚染獣って昔の人類が作ったものってことなんだろうな）

そうとしか考えられない。

世界が汚染物質に満ち、その末に環境《かんきょう》に適応《てきおう》することができた生物が汚染獣だと思われていた。

だが真実は人類の作った機械が汚染物質によって異形《いぎょう》化したということになるのだろう。

（会長はどう考えているんだろう？）

聞きたいが、おそらくカリアンは、この場ではなにも言わないに違いない。

ここはまだ、ハルペーの支配《しはい》する領域《りょういき》のはずだからだ。ここにいる限り、会話は全《すべ》てハルペーに筒抜《つつぬ》けになってしまう。

背中《せなか》にずっと感じる嫌《いや》な気配のこともある。

（気を張《は》ってないとな）

サイドカーに戻《もど》ったカリアンはすでに眠《ねむ》っている。

（オーロラ・フィールド。世界の果て……）

レイフォンもランドローラーに背中を預《あず》け、仮眠《かみん》することにした。

（あの場所は、本当に世界の果てだったのかな？）

地図を失ったこの大地に本当に果てなんてあるのだろうか？　自律型移動都市《レギオス》の外縁《がいえん》部

のような、限界《げんかい》の場所が。

あるとしたら、なぜそこを監視しなければいけないのだろうか……？

浅い眠りに入ると、レイフォンはそのことを考えるのを止めた。いまはツェルニに戻ることが一番の問題だ。

そして、ツェルニの動き出した理由が、レイフォンの思っている通りなのかどうか、確《かく》認《にん》しなくては……


日が上るよりも早くレイフォンたちは移動を開始した。

念威《ねんい》の連絡が復活したのは、昼のことだ。

（ようやく見つけました）

「フェリ？」

いきなりヘルメットに響《ひび》いた声に、カリアンと顔を見合わせる。

「医者の許可《きょか》はちゃんと取っているのだろうね？」

（そんなことを言う余裕《よゆう》があるということは、大丈夫《だいじょうぶ》だということですね。今朝、ようやく許可が下りました。引き継《つ》いだところであなたたちを見つけたんです。あなたたちを見失ってから、突然《とつぜん》あの周辺で念威がきかなくなったそうで、一時は混乱《こんらん》していたんです

よ）

「ならばいい。都市と合流できるルートを指示《しじ》してくれ」

（はい）

「……できたら、会長が運転しても大丈夫なルートでお願いします」

フェリが説明に入るよりも早く、レイフォンは口を挟《はさ》んだ。

「どういうことだね？」

「来ますよ」

走らせながら、レイフォンは剣帯《けんたい》から複合錬金鋼《アダマンダイト》を抜き出し、スロットにスティックを差し込んだ。

「運転できますよね？」

「ああ、それは大丈夫だが……」

（後方、０４２０から０８４０に反応《はんのう》多数）

「なんだって？」

カリアンが振《ふ》り返る中、レイフォンはランドローラーを止める。

「汚染獣ですよ」

「まさか」

カリアンの視界でも見える距離《きょり》に空を飛ぶ汚染獣の姿《すがた》がある。まっすぐにこちらに向かっているのは確《たし》かだ。

「ハルペーとは別の汚染獣かね？」

「いいえ、領域にいたころからずっと潜《ひそ》んでいたはずです」

背後《はいご》にずっと感じていた気配はあの汚染獣たちなのだ。飢餓感《きがかん》に後押しされた殺気という、レイフォンにとって馴染《なじ》み深い感覚を浴びせかけられようやく確信した。

「ハルペーの支配も完全ではないということかな」

ため息を零《こぼ》すカリアンと入れ替《か》わり、レイフォンはサイドカーに立ったまま乗り込む。

「僕《ぼく》のことは気にせず走ってください」

「そうさせてもらう」

アクセルが回り、ランドローラーが走り出す。

複合錬金鋼《アダマンダイト》の柄《つか》に青石錬金鋼《サファイアダイト》を繋《つな》げ、レイフォンは復元鍵語《ふくげんけんご》を放った。

(レイフォン、あの汚染獣群《おせんじゆうぐん》を詳《くわ》しく調べようとすると念威が乱《みだ》れます)

「どういうことです？」

(不明です。ただ、あなたたちを見失ったことと別の理由ということはないでしょう)

「いまだ領域《りょういき》の中にいる……ということではないだろうね。ハルペーが心変わりした可能《かのう》性《せい》もないではないが、ハルペーと同質《どうしつ》の能力を持っていると考える方が妥当《だとう》だろう。彼は自らの目的を明確にしていた。それ以外の行動で矛盾《むじゅん》のない変節はしないはずだ」

ランドローラーを走らせながらのカリアンの推測《すいそく》に、レイフォンは尋《たず》ねた。

「どれぐらい使えませんか？」

（遠距離《きょり》からでは念威の反射率《はんしゃりつ》は最低です。わたし自身がそこに行ければある程度《ていど》の精度《せいど》は期待できるかもしれませんが。それは現実《げんじつ》、不可能です。……あなたがあの汚染獣の群《む》れの中に飛び込むと、視覚《しかく》のフォローはまず無理ですし、もしかしたらあなたの位置そのものを見失うかもしれません）

「厄介《やっかい》な状況《じょうきょう》かな？」

「戦うだけなら、厄介ではないと思いたいですけど」

なにしろあの数の成体だ。鋼糸《こうし》の罠《わな》にかけても、幼生体《ようせいたい》の時のような、裁断機《さいだんき》に放り込《こ》むような結果にはならないだろう。

カリアンはすぐにレイフォンの言いたいことを理解《りかい》してくれた。

「君が帰れなくなるのは困《こま》るね。全《すべ》てが我々《われわれ》に向かってくれればなんとかなるかな？」

「それなら。だけど、たぶん無理ですよ」

「かもしれないね。あの汚染獣たちは、おそらくだが初めて汚染物質以外の食糧《しょくりょう》を感じ取ったのではないかな？　目の前にご馳走《ちそう》をぶら下げられて我慢《がまん》できるほど躾《しつけ》はできていなかったということだろうね」

どうする？　とは誰《だれ》も聞いてこない。この場にいる戦力はレイフォンしかいない。鋼糸で対応《たいおう》するしかないのだが、ざっと見ただけでも数十体はいるだろう。領域から去る時に見た汚染獣なのだとしたら、老性体はいないはずだ。一期から三期までの雄性体《ゆうせいたい》辺りだろう。

天剣授受者《てんけんじゆじゆしゃ》の中でも大量虐殺《ぎゃくさつ》に特化したリンテンスなら可能かもしれない。その技《わざ》を教授されているが、レイフォンには無理な話だ。

時間があるのなら、剣での接近《せっきん》戦で全て片付《かたづ》けることはできるだろうが……

「……会長の言う通りなら、味見の意味も含めて僕らに向かってくると考えてみるしかないですね。フェリ、会長でも全速力で運転できるルートを検索《けんさく》してください。できれば、ツェルニから離《はな》れすぎないほうがいいですけど」

(了解《りょうかい》しました)

レイフォンは複合錬金鋼《アダマンダイト》のスティックを入れ替《か》え、鋼糸状態《じょうたい》に変えた。代わりに青石錬金鋼《サファイアダイト》を剣状態にする。より広範囲《はんい》に鋼糸を飛ばすには複合錬金鋼《アダマンダイト》の方がいい。

「考えはまとまったかね？」

「やるだけのことはやりますよ」

「そうではなくて、君自身のことさ」

運転に集中しながら、カリアンは話し続けた。

「学園都市というのは結局、通り過《す》ぎなくてはならない場所だ。ここでできあがった関係は、卒業してしまえば二度と元《もど》に戻らない場合がほとんどだ。そんなものを守る価値《かち》が本当にあるのか？　学園都市の武芸者《ぶげいしゃ》が動きを悪くしている理由は、臆病《おくびょう》だからでも未熟者《みじゅくもの》だからでもない。この疑問《ぎもん》があるからだ。ここで戦うことによって自分が何を守るのか、その守ったものが自分にとって大切なものとなり得るのか？　その疑問が解決しないからこそ、武芸者は命を懸《か》けることに臆病になる」

ランドローラーが大きくバウンドした。カリアンの上体が激《はげ》しく揺《ゆ》れ、放り出されそうになる。レイフォンはカリアンの背中《せなか》を摑《つか》んだ。ヘルメットが前部のカバーに当たったが、カリアンは混乱《こんらん》することなく冷静にバランスを取り戻した。

「君はなんのためにツェルニで戦い続けた？　金のためではない。そうであれば私はもっと楽に君を手元に引き入れられたことだろう。だが、君はそうではない。君が欲《ほ》しいのは生きる目的だ。生きる目的をニーナ・アントークに頼《たよ》るな。君と彼女とて、何年か後には別れなければならないんだから」

　カリアンの言葉を聞きながら、レイフォンは宙《ちゅう》に放った鋼糸に剄《けい》を流し込み続けた。汚染獣は見る間に距離を詰《つ》めてくる。

「自らの人生の筋道《すじみち》を明確《めいかく》に定めている者などいないと言ってもいい。その場その場の問題を片付け続けることで人生を全《まっと》うする者がほとんどだろう。だが、君は命を懸けて戦わなくてはいけない者だ。その君は、このツェルニのなにに命を懸ける？」

「そんなのっ……！」

　汚染獣たちが鋼糸の範囲に入った。レイフォンは鋼糸を操《あやつ》りながら叫《さけ》び、サイドカーから飛び出した。

「わかるものかっ！」

　鋼糸に切り裂《さ》かれた汚染獣が次々に地面に落下していく。殺しきったかどうかの確認《かくにん》は後で、いまだこちらに向かってくる汚染獣に意識《いしき》を集中した。

　カリアンは、ツェルニを守るために単身でハルペーと向かい合った。武芸者でもない一《いっ》般《ぱん》人が、だ。カリアンにとっては、それだけのことをする意味がツェルニを守るということにあるのだ。

　では、レイフォンにはそれがあるのか？

　ニーナの強い意思に引き寄《よ》せられるようにしてここまで来たレイフォンに？

「わかるものかっ！」

もう一度叫び、レイフォンは鋼糸を振《ふ》るう。

鋼糸を走る剄が空と大地に乱雑《らんざつ》とした線を引き、汚染獣の体液《たいえき》が霧《きり》を作っていく。鋼糸で汚染獣《おせんじゆう》の群《むれ》を切り裂きながら、レイフォンはカリアンが運転するランドローラーから離れすぎないように移動した。

汚染獣の動きは、いまのところはレイフォンたちを追う形になっている。それはおそらく、いまの進行方向にツェルニがいるからだろう。

できるなら、この状態の間に片を付けたい。

だが、鋼糸の本数はともかくとして、長さには限界《げんかい》がある。

「どうだい？」

「いまぐらいの感じならまとめて相手できるんですけど、これ以上広がられると、ちょっと難《むずか》しくなりますね」

「そうか。……こちらは少し、問題が出てきた」

「なんです？」

「フェリ、ツェルニへの到着《とうちゃく》予定時刻《じこく》はどれくらいだい？」

（最速で二時間ほどです。どうしました？）

「バッテリーだよ。二時間、微妙《びみよう》なところだね」

「あ……」

ツェルニを出てからいままで、エンジンを切っていたのは夜の短い仮眠《かみん》の時くらいのものだ。

「予備《よび》バッテリーには換《か》えましたよ。もう切れるんですか?」

だが、放浪《ほうろう》バスではないにしろ、長時間の走行を目的としたランドローラーだ。そう簡《かん》単《たん》にバッテリーが切れるはずがないし、仮眠の前に予備バッテリーに換えたはずだ。

「切れるね。走行中に故障《こしよう》でもしたか、バッテリーが壊《こわ》れてきているのか……」

「そんな……」

「まっすぐに合流するコースを取らなければ間に合わないか……どうしたものか」

二時間では、さすがにあの数の汚染獣を処理《しより》しきることはできない。

(冷静ですね、兄さん)

「慌《あわ》てたところで仕方がないからね。さて、どうするレイフォン君? ここで君が命を懸《か》けて足止めをするというのなら、私はそれに付き合おう」

(兄さん!)

「私が逃《に》げては、あの群を二分させることになりかねない。それよりは彼に任《まか》せてしまった方がいい。時間をかければツェルニからの援軍《えんぐん》も間に合うだろう」

「そんなこと、できるわけないじゃないですか」

カリアンは好きではない。だが、ハルペーとの対話を臆《おく》せずにやり遂《と》げるような胆力《たんりょく》を持つ人物がそうそういるはずがない。

こんな状態《じょうたい》で一般人を本格的《ほんかく》に戦闘《せんとう》に巻《ま》き込んで、守り抜《ぬ》く自信はない。

「会長は、ツェルニには必要な人物です」

「ありがたい言葉だ。だが……」

(御託《ごたく》はいいから戻《もど》って来い)

念威端子《ねんいたんし》から、いきなり野太い声が響《ひび》いた。

「やあ、ヴァンゼ。聞いていたのかい?」

(当たり前だ。状況《じょうきょう》はすでにツェルニの全武芸者《ぶげいしゃ》に通達してある。こちらの戦闘準備《じゅんび》はじきに整う。お前たちはまっすぐにここに戻ってくればいい。迎撃《げいげき》はここで行う)

「無茶だ、そんな……!」

ヴァンゼの言葉に、レイフォンは異議《いぎ》を唱えようとした。

(黙《だま》れっ! 武芸科の最高責任者《せきにんしゃ》はおれだ。小隊員程度《ていど》が決定した作戦に口を挟《はさ》むな! お前たちは群《むれ》をひきつけ、分散させないまま、ツェルニまで運んで来い。命令だ!)

ヴァンゼの怒《いか》り狂《くる》った声は反論《はんろん》を許《ゆる》さず、レイフォンは沈黙《ちんもく》した。

「作戦と言ったね？　あるのかい？」

（追加した防衛《ぼうえい》予算が無駄《むだ》ではなかったことを見せてやる。死なずに戻って来い）

「それは楽しみだ」

（そういうことになりました。案内します）

声がヴァンゼからフェリに戻った。

「頼《たの》むよ。レイフォン君、こちらに戻りたまえ、分散させない程度のことならここからでもできるだろう？」

「わかりました」

不満はある。だが、ここで一人逆《さか》らったところで意味はない。レイフォンはサイドカーの上に着地した。

「では、頼むよ」

カリアンが運転に再《ふたた》び集中する。レイフォンは群をひきつけるのに集中した。追いつこうとした汚染獣《おせんじゅう》を鋼糸《こうし》で切り裂《さ》き、あるいは分散しようとする一群《いちぐん》がいればサイドカーから飛び出して衝剄《しょうけい》で牽制《けんせい》する。

「彼らが不思議かな？」

サイドカーの上で汚染獣たちを睨《にら》んでいると、カリアンが話しかけてきた。

「なにがですか？」

「あれだけの汚染獣を相手にしようとする、彼らの決意がだよ」

「それは……」

「君はハルペーを前にして『勝てない』と言った。君にとって戦いというものは、明確《めいかく》な実力差の下で勝利することを意味しているのだろう。君が汚染獣との戦いで死を覚悟《かくご》していないとは言わない。だが、君にとって戦いとは、そういうことなんだ。少数の選ばれた者にしか到達《とうたつ》できない次元から戦場を見ている。戦いによって生じるなにかを求めている。それがグレンダンでは金銭《きんせん》だったという話だ」

「…………」

「圧倒《あっとう》的不利な状況の中で戦わなければならない。君は、こういう状況での戦いを、実はしたことがないのではないかな？　だからこそ、彼らの気持ちがわからない」

「会長は、わかるんですか？」

「わかっているとも。彼らは手に入れたんだ。君が持っていないものをね」

ツェルニを守るための理由。命を懸けるなにか。

「なんですか？」

「誇《ほこ》りだよ」

「え？」

「そんなものがなんの役に立つのか？　君はそう思うかもしれないね。だが、ほとんどの武芸者は誇りを胸《むね》に汚染獣と戦うのだよ。この都市を守ることができるのは自分たちだけなのだと、自分たちが生きるこの場所を守るために自分がいるのだと……存在意義《そんざいいぎ》だよ」

　レイフォンはモニターで見たカリアンの演説《えんぜつ》を思い出した。

「もしかして、あなたはそのために……」

「そうだ。彼らの誇りを喚起《かんき》させるために行った。自らの命を懸けるに相応《ふさわ》しい理由として彼らは誇りを選ぶのだ」

「馬鹿《ばか》げてる。そんな……」

「だが、それ以外になにがある？　武芸者というのは、生まれた時から汚染獣と戦うことが義務《ぎむ》付《づ》けられている。そのための社会制度《せいど》が整っているからだ。誇りを持たせるためのね。義務だから戦って死になさいというのではなく、都市を守る英雄《えいゆう》として誇りを胸に戦えと、社会は武芸者をそう躾《しつ》けているんだ」

「…………」

　なにかを言おうとした。嘘《うそ》だ。間違《まちが》っている、と。だが、言葉にはならなかった。その言葉が真実だと心の奥《おく》では理解《りかい》しているからだ。

カリアンが一瞬《いっしゅん》、こちらを見た。ヘルメットの奥にある瞳《ひとみ》は、レイフォンを哀《あわ》れんでいるように見えた。

「君はそう躾けられなかったのか、あるいは躾けられる前にそれを疑問視《ぎもんし》する強い想《おも》いがあったのか……どちらにしろ、君は誇りでは死ねない武芸者《ぶげいしゃ》となった。それは、君にとって苦しく困難《こんなん》な人生を歩ませることになるだろう。武芸者という君の真実からは決して逃《に》げられない。だからこそ、君は、君だけの戦う理由を手に入れるべきだ。

君にも言っているんだよ、フェリ」

それは、冷たいと言われる兄の、妹への愛なのか？

フェリからの答えはなかった。ランドローラーは走り続ける。汚染獣の殺気はレイフォンたちを押《お》し包み、爆発《ばくはつ》しそうになっている。鋼糸が殺気を切り裂き、体液《たいえき》の霧《きり》を作る。落下した汚染獣が地をのたうちながら、共食いを始めるのを見た。

二時間という長い逃走劇《とうそうげき》をレイフォンとカリアンはやり遂《と》げた。ランドローラーのタイヤはカリアンの決してうまいとはいえない運転のため、カーブをすれば荒《あ》れた地面の上を滑《すべ》るほどに擦《す》り切れ、ブレーキは恐《おそ》ろしいほどに甘《あま》くなっていた。エンジンは耐《た》え難《がた》い熱を放ち、周辺のボディを溶《と》かし始めている。

限界間近《げんかい》なのはランドローラーだけではない。カリアンの体力と集中力、そして精神力《せいしん》も限界に近づいていた。汚染獣の脅威《きょうい》を都市外で体験する恐怖《きょうふ》。カリアン風に言えば誇りという名の思想統一《とういつ》がされた武芸者でさえ恐怖に身を削《けず》られる場所で、一般《いっぱん》人であるカリアンがよくここまで耐えたものだと思う。

「シグナルが鳴りっぱなしだよ」

カリアンが朦朧《もうろう》とした声で叫《さけ》ぶ。ハンドルの中央にある計器からは、要メンテナンスを示《しめ》す赤いランプが明滅《めいめつ》し、消えることがない。

同じようにバッテリーも〝空《エンプティー》っけつ〟状態、ゲージを示すバーはなくなって、代わりに警告《けいこく》のランプが光っている。

そんな中で、レイフォンたちの前面に大地を進むツェルニの姿《すがた》が映《うつ》った。

「やった……」

歓喜《かんき》の言葉も弱々しく、そして尻切《しりき》れに消え去った。

ランドローラーが揺《ゆ》れた。カリアンがハンドルにヘルメットを埋《う》めている。

(気を失いました！)

フェリの悲鳴が耳を打った。限界にまで張《は》り詰《つ》めていた精神が、一瞬の安堵《あんど》で完全に解けてしまったのだ。体力と精神の限界突破《とっぱ》がカリアンを強制的に眠《ねむ》りの世界に落とした。

進路上にあった岩に正面から激突《げきとつ》した。ランドローラーは前のめりになり、カリアンが放り出される。

レイフォンは空中でカリアンを受け止める。宙《ちゅう》を舞《ま》ったランドローラーは逆《さか》さまになって地面にぶつかり、エンジンが火を噴《ふ》いて爆発した。

破裂《はれつ》したタイヤが高く宙を飛ぶ。爆音を背《せ》に、レイフォンは走る。肩《かた》に一般人のカリアンを乗せたままでは全力疾走《しっそう》もままならない。

(後五分、もたせろ！　走れ！)

ヴァンゼからの悲鳴にも似《に》た命令。レイフォンは唇《くちびる》を噛《か》み締《し》めて走り、背後《はいご》で鋼糸《こうし》に狂《きょう》乱《らん》の踊《おど》りを踊らせる。

跳躍《ちょうやく》、疾走、跳躍……ツェルニの足が踏《ふ》み砕《くだ》く岩塊《がんかい》の海を駆《か》け抜《ぬ》ける。ツェルニの足はすぐそこに。

チッチッチッ……

ヘルメットの表面で異音《いおん》が弾《はじ》ける。

都市の重量を載《の》せた足の粉砕《ふんさい》からはじき出された岩片が、銃弾《じゅうだん》のように飛び交《か》っている。

細かな破片《はへん》がぶつかったのだ。スーツを切り裂《さ》かれないことを願いつつ、疾走を続ける。

岩片の銃撃戦《じゅうげきせん》を避《よ》けながら足をくぐり抜け、都市の下部へ。

背後で気配が膨《ふく》れ上がる。鋼糸の網《あみ》を抜け、低空飛行でレイフォンに迫《せま》ってきた。即座《そくざ》に鋼糸を飛ばし、翼《つばさ》を切る。汚染獣《おせんじゅう》はバランスを崩《くず》して地面に落下した。そのまま岩塊を撥《は》ね飛ばして巨体《きょたい》を滑らせる。

「くっ！」

その汚染獣は諦《あきら》めなかった。滑る勢《いきお》いのまま体をくねらせて進み、巨大な口でレイフォンたちを飲み込《こ》もうとする。

レイフォンの本領《ほんりょう》で跳《と》べば避けられる。しかし、それではカリアンの体がもたない。

(そのまま突《つ》っ走れ！)

いきなり、シャーニッドの声がヘルメットに響《ひび》いた。

銃声が余韻《よいん》を引きながら空を疾《はし》る。

背後で汚染獣の悲鳴が轟《とどろ》く。

その一発は正確《せいかく》に汚染獣の目を撃《う》ちぬいていた。

(ちっちぇえ奴《やつ》らを相手にするよりは、狙《ねら》いが楽だな)

シャーニッドの高揚《こうよう》の声を聞きながら疾走を続ける。下部ゲートが見えてきた。

開かれた下部ゲートには狙撃銃《そげきじゅう》を構《かま》えたシャーニッドの姿《すがた》がある。

そこから新たな影《かげ》が飛ぶ。

突撃槍《ランス》を構えた影と打棒《だぼう》を構えた影がレイフォンの頭上を飛び越《こ》え、目を撃ちぬかれて悶《もだ》える汚染獣に迫《せま》る。

「あああああああああああああああああああっ!!」

先に跳んだ打棒の影……ナルキが吠《ほ》える。

ナルキは空中で身を捻《ひね》って軌道《きどう》を修正《しゅうせい》すると、全力で汚染獣の眉間《みけん》に一撃を加えた。鱗《うろこ》が最も薄《うす》い場所だ。打撃の反作用でナルキの体が弾《はじ》き返される。だが、鱗を剥《は》ぎ取り、その下の肉をわずかばかりでもあらわにすることには成功した。

ナルキの働きはそこで終わらない。宙を舞う彼女は反対の手に持った取り縄《なわ》を飛ばし、顎《あご》に巻《ま》きつける。

「らっ、ああああっ!!」

着地の勢いを利用して、取り縄を引く。汚染獣の頭部を地面に縛《しば》り付け、滑走《かっそう》の勢《いきお》いを殺した。

「ぐっ、ううううう……」

取り縄を引き寄《よ》せ、汚染獣の動きを止めんと地面で踏ん張る。足は地面に轍《わだち》を刻み、取り縄は過負荷《かふか》に悲鳴を上げる。

だが、それは一瞬《いっしゅん》。力負けはすぐにやってくる。ナルキは取り縄を放棄《ほうき》し、即座に離脱《りだつ》。そこに突撃槍《ランス》の影……ダルシェナが飛び込む。全《すべ》ての衝剄《しょうけい》を突撃槍《ランス》の先に集中させた彼女は一際《ひときわ》高く舞い上がると、ナルキが鱗を砕いた眉間に突撃槍《ランス》の牙《きば》を嚙み付かせた。薄い肉を破《やぶ》り、その下の骨《ほね》を砕く。放たれた衝剄が脳《のう》を破壊《はかい》。汚染獣は血を噴《ふ》き出して悶え、激《はげ》しく頭部を地面に打ち付けて沈黙《ちんもく》した。

背後の出来事に驚《おどろ》きながらも、レイフォンは足を止めない。

さらなる変化を頭上に感じた。

(なんだ?)

都市の外縁《がいえん》部で巨大な剄が集まっている。

下部ゲートの真下に到達《とうたつ》した。

昇降機《しょうこうき》を待つ余裕はない。跳ぶか……?

レイフォンが考えている間に外部ゲートに新たな黒い人影が現《あらわ》れた。都市外装備《そうび》に身を包み、腰《こし》にワイヤーを巻《ま》きつけたその人影が、こちらに向かって頭から飛び降《お》りた。

「渡《わた》せっ!」

念威端子《ねんいたんし》越《ご》しにヘルメットを満たしたその声。

待ち望んだその声。

強い意思によって彩《いろど》られたその声。

眼前《がんぜん》に光を照らすその声。

レイフォンは跳んだ。


伸《の》ばされるその手。


その手にカリアンを渡す。視線《しせん》が交錯《こうさく》する。その瞳《ひとみ》を間近で確認《かくにん》する。

「帰ってきたぞ」

「はいっ！」

念威端子を通さない会話。瞬間、レイフォンたちを閃光《せんこう》が包んだ。巨大な剄が都市外縁部から放たれたのだ。背後《はいご》の汚染獣《おせんじゆう》がなぎ払《はら》われる。爆発《ばくはつ》が連鎖《れんさ》する。

「行けっ！」

「はいっ！」

解《と》き放たれた矢となったレイフォンは鋼糸《こうし》を引き戻《もど》し、複合錬金鋼《アダマンダイト》を剣《けん》へ。

ぼやけた中枢《ちゆうすう》が凝固《ぎようこ》する感覚。精神《せいしん》と肉体が収束《しゆうそく》する感覚。頭頂《とうちよう》から足の先にまで剄が突《つ》き抜《ぬ》けていく感覚。

自らを確固とするなにか。
力を放つための〝意思《トリガー》〟。
たとえそれが借り物だとしても、寄生虫《きせいちゅう》のようにそれにすがっているのだとしても……
それがいまのレイフォン・アルセイフなのだと、誰《だれ》にともなく叫《さけ》び、
戦場に躍《おど》りこむ。

†

ワイヤーの牽引《けんいん》で外部ゲートに戻ったニーナはカリアンを床《ゆか》に降ろす。都市外装備を身につけた医療班《いりようはん》が駆《か》けつける。

ニーナはその場所から戦場を見た。

第二射が放たれた。巨大《きよだい》な剄の砲弾《ほうだん》は、一条《いちじょう》の光となって迫《せま》り来る汚染獣をなぎ払う。

「これは……」

見たこともない兵器だ。その強烈《きょうれつ》な剄が周囲の空気を震《ふる》わせる。

「剄羅砲《けいらほう》だよ」

医療班に支《ささ》えられてカリアンが立ち上がった。

「その規模《きぼ》を大きくしたに過《す》ぎない。ただ、充塡《じゅうてん》に最低でも百人の武芸者《ぶげいしゃ》が必要になる。使いやすい兵器とはいえないな」

「そんなものを作っていたとは……」

「我々《われわれ》とて、脅威《きょうい》に怯《おび》えているだけではないということだよ。それよりも……」

ヘルメットの奥《おく》で、カリアンの瞳がニーナを射た。

「彼を、元に戻したな」

言葉がニーナを責《せ》める。

「あれではだめだ。あれでは、彼がここに来た意味がなくなる。学園都市を預《あず》かる生徒会長として、あの状態《じょうたい》の彼は容認《ようにん》できない。君こそが、彼を道具に貶《おとし》めているのだと気付かないのか？」

学園都市。誰もが巣立たなければならない運命を持つ都市。

飛べない鳥は地面に落ちていくしかない運命が待つ、優《やさ》しく、冷たい場所。

ニーナはカリアンの言葉に衝撃《しょうげき》を受けた。

「わたしが、レイフォンを道具にしているだと……？」

怒《いか》りが湧《わ》いた。そんなことはないと叫ぼうとして、言葉を飲み込む。

冷静さを取り戻す。

「もしそうだとしたら、わたしはいずれ罰《ばつ》を受けることになる」

だが、リーリンは言ったのだ。

「しかし、その罰は結局、あいつを苦しめることになるだろう。その時は……」

自分を責めることは結局、自分の周りも責めていることになるのだと。

ニーナはゲートから外を見た。

戦場だ。

群《むら》がる汚染獣を相手にレイフォンは剣を振《ふ》るっている。

「その時は最後まで……」

レイフォンとともにいることになるだろう。

「そのことに悔《く》いはない」

カリアンの吐息《といき》を背《せ》に感じながら、ニーナは戦場を見つめた。

どこかで、鳥の呼《よ》び声がしたような気がした。

# エピローグ

いつまで経《た》っても放浪《ほうろう》バスはやってこなかった。

「どうなってるの？」

うんざりとした気分で、リーリンは今日も放浪バスの停留所《ていりゅうじょ》に立っていた。到着《とうちゃく》予定はとっくの昔に過《す》ぎ去り、外縁《がいえん》部には寂《さび》しく風と都市の足音が響《ひび》くだけだった。

「まぁ、世の中予定通りにはいきませんよ」

サヴァリスがベンチに腰《こし》かけてのんびりと言ってくる。

毎日停留所にやってくるリーリンに、これまた律儀《りちぎ》に付き合うサヴァリス。二人以外にもちらほらと停留所の様子を見に来る旅人たちはいるが、彼らは放浪バスが来ていないのを確認《かくにん》すると、すぐにどこかに去っていく。

リーリンだけは購入《こうにゅう》した双眼鏡《そうがんきょう》を手に、放浪バスの影《かげ》を探《さが》していた。

「そんなことしなくても、放浪バスの姿《すがた》はどこにもありませんよ」

「……ご忠告《ちゅうこく》、どうもありがとうございます」

双眼鏡を使ったリーリンよりもはるかに遠くを見渡《みわた》せるサヴァリスの言葉は嫌味《いやみ》にしか

聞こえない。睨《にら》んでも動じる様子のないサヴァリスを無視《むし》して、再《ふたた》び双眼鏡を覗《のぞ》き込《こ》む。

サヴァリスが尋《たず》ねてきた。

「……もし、レイフォンがだめになっていたらどうします？」

リーリンは双眼鏡から目を離《はな》してサヴァリスを見た。

「グレンダンからのことに立ち直れないまま無様《ぶざま》を晒《さら》していたらどうします？」

リーリンの脳裏《のうり》に一人の人物が浮《う》かんだ。ついこの間までマイアスを襲《おそ》っていた不可解《ふかかい》な事件《じけん》。その中で出会った、ロイという武芸者。

失敗し、放逐《ほうちく》され、立ち直れないままに歪《ゆが》み続けた武芸者。

あの事件のことを思い出そうとすると、なぜか頭の奥《おく》にもやがかかったようになる。

それでも、あの堕《お》ちた武芸者のことは忘《わす》れていなかった。

「どうって……」

サヴァリスはいつものように笑っている。だけど、決して笑っていないことだけは確《たし》かだ。

リーリンは慎重《しんちょう》に答えを選んだ。

「みっともなくたっていいですよ。がんばってみっともないんだったら、それでもいいです。でも……」

もし、ロイのようになっていたら？

「情《なさ》けないことを言っているようだったら、叩《たた》いて直します」

リーリンがぐっと拳《こぶし》を作ってみせる。サヴァリスに比《くら》べたらなんとも頼《たよ》りのない細腕《ほそうで》に握《にぎ》られた拳だ。

サヴァリスがきょとんとした顔でリーリンを見た。

「本気ですか？」

「本気です」

にっこりと笑うとサヴァリスはやれやれと肩《かた》をすくめた。

その顔が本当に笑っているように見えた。リーリンは再び双眼鏡を使い出す。

「探すのなら、もっと別なものを探したほうがいいですよ」

放浪バスの影を探していると、また声をかけてくる。

「え？」

「例えばあれとか」

振《ふ》り返るとサヴァリスが外に向かって指を差している。その先を双眼鏡で見た。

倍率《ばいりつ》を操作《そうさ》している内にその姿が映《うつ》った。

砂煙《すなけむり》を押《お》しのけるようにして移動《いどう》する巨大《きょだい》な影がある。

一瞬、汚染獣かと思った。

「もしかして、都市？」

「でしょうね」

「嘘《うそ》っ、こんな近くに都市なんて……」

「そういう時期ですしねぇ」

セルニウム鉱山《こうざん》を懸《か》けた、都市同士の資源《しげん》戦争。

「戦争になるの？」

「学園都市同士の戦争は普通《ふつう》の都市よりもルールの縛《しば》りが厳《きび》しいそうですから、そこまで激《はげ》しいものにはならないでしょうけどね。それよりも……あの旗、見えます？」

サヴァリスに促《うなが》され、リーリンは都市の名を示《しめ》す旗を探した。

しばらくは見つけられなかったが、倍率を変えたりと色々苦労している内にそれを狭《せば》められ拡大《かくだい》された視界《しかい》に捉《とら》えることができた。

そこにあるのは図案化された少女と、ペンの紋章《もんしょう》が描《えが》かれている。

「……え？」

その紋章をリーリンは見たことがある。

レイフォンに送られてきた、合格《ごうかく》通知の中で。

「もしかして……」

「どうやら、バスを待つ必要はないようですね」

気楽に言うサヴァリスの声は、耳を素通《すどお》りしていった。

ツェルニがゆっくりとこちらに向かってくるのを、リーリンは呆然《ぼうぜん》と見つめるしかできなかった。

# あとがき

どこまで自分はページコントロールが下手《へた》なのか……雨木シュウスケです。

今回は十四ページですってよ。んまぁっ！

「今回あとがき十四ページね」と担当さんから言われるまで、書き出しは「ジャムりました。雨木シュウスケです」にしようと思ってたのに。

だって、富士見のＨＰでマシンガン・キャンペーンとか言われてるから。反射《はんしゃ》でジャムったとか言いたくなるじゃないですか。


前シリーズが五巻までだったので、六巻である今回は未知の領域《りょういき》です。しかも終わる様子がねぇよ。どうすんだよ。どどどど、どうしよう……

それはまぁ、置いておくとして。

六巻です。タイトルの名前付け傾向《けいこう》も変わりました。


実を言うと第二部だったりするのです！

いや、まぁわかってるでしょうけどね。対抗《たいこう》試合は終わっちゃったしね。

今巻から武芸大会とその他色々編《へん》です。プロローグ的なもんだと思ってください。これから色々と動き出すことでしょう。きっとね。雨木の能力を超越《ちょうえつ》しない限りは……

そこが一番心配だ！


後、ニーナについてはドラゴンマガジン六月号に載《の》った短編《たんぺん》、「ア・デイ・フォウ・ユウ03」を読んでないと理解しにくい作りになってしまってます。申し訳ありません。読んでない方は短編集が出るのをお待ちください。が、短編集発売の予定は決まってないので、要望のおはがきを送ってくれると雨木が小躍《こおど》りします。


『初体験……たぶん』

六巻が出るまでの間（ていうかこのあとがきを書いている今現在まで）のことを思い出してみましょう。えーと……

引きこもってました。

引きこもり万歳《ばんざい》！

僕《ぼく》、ダメ人間ですか……？

いいや、そんなことはないはずだ。ええと……そうだ！　こんな時こそ日記だよ。mixi万歳！　よし、さっそく日記のチェックだ！

……………原稿《げんこう》とゲームの話しかしてない。

だめじゃん！

いいや、待て待て待て。なにかあったはずだよ。なにか……

そう、お祭《まつ》りに行ったのです。地元のお祭りです。でかいだるまが飾《かざ》られてたりだるまがたくさん売られてたりしてますが、達磨大師《だるまたいし》と関係があるのかどうかは知りません。ブドウ飴《あめ》とかミニカステラとか焼きもろこしとかいか焼きとか焼きそばとか定番のものを食べましたよ。りんご飴は食べきる自信がないのでパス。中国製のモデルガンのみを扱《あつか》う男気溢《あふ》れるくじ引き屋さんがいたので挑戦《ちょうせん》したりしたのです。

完全引きこもりじゃないよ。太陽光線を浴《あ》びて灰《はい》になるような生活はしてません。昼夜逆転は良くしてるけど（どっちだよ）。

ええと、それだけですめば良かったのにすまなかった話ですな。実はこの祭り、一年で一番寒い時期にやっているらしいんですよね。それが関係あるのかどうか知りませんが、毎年インフルエンザの蔓延《まんえん》に手を貸す闇《やみ》の祭りでもあるらしいのです。

まぁ、食らったわけです、インフルエンザ。

もしかしたら祭りとはなんの関係もないところでもらったのかもしれませんけどね、時期的にちょっとずれてたから（タミフルが問題視されるニュースが流れ出す直前です）。

しかし、初体験です。インフルエンザも初めてなら高熱出すのも初めてです。高熱はちょっと自信ないけど。大阪にいたころは風邪《かぜ》引いて熱っぽくても体温計を使ったりしてなかったから。しかし三十九度なんて数字をこの目で見たのは初めてです。昔は三十七度になるのが精一杯《せいいっぱい》だったのに。

けっこう大丈夫なものですね。いや、しんどいのはしんどいんですけど、案外動けるね。自分で車を運転して病院行ったし。いや、だからといって仕事できるとかそういうんじゃないですからね？　さすがに頭は動きませんて。

『怪談話《かいだんばなし》』

五巻のあとがきで募集《ぼしゅう》した怪談話ですが、いくつかいただきました。

雨木の道楽《どうらく》に付き合っていただきありがとうございます。そうそう。怪談なしの純粋《じゅんすい》なファンメッセージもいただいております。ありがとうございます。こちらの方は申《もう》し訳《わけ》ありませんが、早い段階《だんかい》での返信はできません。メールのやり取りが実は苦手なので、文面を考えるのに時間がかかってしまうのです。ええもう本当に、担当さんとの打ち合わせでメール文の短さが話のネタになるぐらい。なので、ついつい原稿《げんこう》優先にしてしまいますいませんです。はい。

気を取り直して、早速《さっそく》紹介していきましょう。

怪談が苦手な方はちゃちゃっと飛ばしちゃってください。

※掲載《けいさい》に際し、文章に手を加え、改編《かいへん》しているものもあります。

『カメラを見る女の子』投稿者《とうこう》　たかさん。

あるコンビニの店長さんから聞きました。

夕方、バイト二人で働いていました。一人（A）は店内でレジ、一人（B）はバックルームで片づけをしていました。

Aは、お客が居なくなったのでBを手伝いに裏《うら》へ行くと、監視《かんし》カメラに女の子が映《うつ》っていました。Aは「棚《たな》の陰《かげ》にいて、きづかなかったのかな？」と思い、店内に戻《もど》ってみましたが誰もいません。戻って、モニターを見るとやっぱり女の子がカメラ見上げてます。おかしいと思いましたが、お客さんが入ってきたのでAはまたレジに。

Bがモニターを見ると女の子は別のカメラを見上げています。

しばらくして、Bが再びモニターを見るとまた別のモニターを女の子が見上げてます。

子供がカメラを珍《めずら》しそうに見上げるのは良くあるので気にしていなかったのですが、女の子が見上げてるカメラの位置が段々バックルームに近づいて来てる……

またモニターを見ると、別のカメラを見上げていてそこはバックルームの入り口。

気味が悪くなって、Bがバックルームから出るとそこには誰《だれ》も居《い》ませんでした。

戻って、モニターを見ても誰も映っていません。

Bが「なんだ偶然《ぐうぜん》か……」って後ろを振《ふ》り向いたら、女の子がバックルーム入り口でこっちを見て笑ってました。Bは叫《さけ》びながら女の子の脇《わき》を抜けて店内に駆《か》け込み、話を聞いたAがバックルームに入りましたが女の子は居ませんでした。

バックルームは防犯《ぼうはん》上入り口が一つだけなので、そこ以外から出ることは出来ません。

電話を受けた店長が防犯カメラのテープを再生すると、なんと女の子が映っていました！

ただ、実害が無かったことと大手直営店のためテープは本社の方へ提出《ていしゅつ》したそうです。

（テープは普段《ふだん》から何も無くても回収《かいしゅう》されています）

このお店では、店内に曲をかけていると録音《ろくおん》されていないはずの口笛《くちぶえ》が聞こえたりとフシギなことが時々起きているようです。


『駄菓子屋《だがしや》』投稿者　ρ村《ローソン》さん。


私の家の近くにはおばあさんがやっている小さな駄菓子屋があります。

小学生の頃《ころ》はよく親にこづかいをもらって行っていたのですが、中学に上がってからは他のことで忙《いそが》しく、まったく行かなくなりました。

そして、中学三年のある日、久しぶりに暇《ひま》な一日を過ごしていたらふとあの駄菓子屋を思いだしました。久しぶりに行ってみようと思い、財布《さいふ》を片手に家を出ました。駄菓子屋につき、なかに入るとそこには昔と変わらずにおばあさんが椅子《いす》に座《すわ》り店番をしていました。そして、どうやら向こうは私のことを覚えていてくれたらしく、飴玉を一つ貰《もら》いました。そのあといくつかの駄菓子を買い帰路に着きました。

次の日、また少し時間に余裕《よゆう》が出来たのであの駄菓子屋に行ってみることにしました。しかし、行ってみると駄菓子屋のあった場所はなにもない空き地になっていました。近所の方に聞いてみたら、一年ほど前におばあさんが亡くなったらしく、後を継《つ》ぐ人もいないから取り壊《こわ》されたそうです。

あの時もらった飴玉はいまだに家にあります。

『一緒《いっしょ》にいられる』投稿者　満月さん。

それは先輩《せんぱい》がマンションで一人読書に没頭《ぼっとう》していた夜の出来事。

同棲《どうせい》相手は海外出張中で、先輩は寂《さび》しさを紛《まぎ》らわすために小説を買い込んで、夜遅《おそ》くまでリビングのソファで夢中になって読み耽《ふけ》っていました。

そしていい加減《かげん》に寝ないとと思いつつも先が気になってページをめくり続けていると、リビングの振り子時計のチャイムが午前二時を告げました。

その瞬間《しゅんかん》に部屋に「来た」のです。

先輩も面識《めんしき》があった、同棲相手の元恋人《こいびと》が。

降《ふ》って湧《わ》いたような出現のしかたといい、元恋人が生身ではないのは明らか。

その元恋人を見た瞬間から言いようのない苦しさが先輩を襲《おそ》いました。「乗っ取られる！」そう感じた先輩は必死に抵抗《ていこう》しました。

あとはもう霊《れい》に身体《からだ》を乗っ取られないように、ひたすらに自分の存在を確認し続ける精《せい》神《しん》の戦い。

その中で、「この身体に入れれば、またあの人と一緒にいられる」という怨念《おんねん》みたいなものが繰り返しぶつけられ、先輩は自分の意識が塗《ぬ》り替《か》えられそうになるのを何度も感じたと言っていました。

他のことを考える余裕もなくただ気持ちを強く持とうとがんばっていると、もう一度振り子時計のチャイムが響《ひび》き、それとほぼ同時に霊は掻《か》き消《き》え、先輩は身体と意識の自由を取り戻しました。その時には全身が脂汗《あぶらあせ》でぐっしょりだったそうです。

朝になって共通の友人に確認を取ったところ、同棲相手の元恋人は、傷心《しょうしん》の内に一年前に病気で亡くなっていたそうです。

この日が命日だったと。


『オルゴール』投稿者　マリチャンチンさん。


これは友人の話です。

その日、友人は夜遅くに帰ったため、夕食は友人のものだけが残されていました。それを食べ、お風呂《ふろ》に入ったりして自分の部屋に戻りました。

時間も遅く、もう寝るかと電気を消すと、隣《となり》の部屋からオルゴールの音が聞こえてきたのです。

襖《ふすま》一枚を隔《へだ》てた隣の部屋は姉《あね》が使っています。

眠《ねむ》かったこともあり、友人は大きな声でオルゴールを止めてと言いました。

「ごめんね、でももうちょっと」

姉の言葉にそれ以上言えず、またオルゴールの音色《ねいろ》がきれいなこともあり、友人はそれ以上言えませんでした。

しかし、姉はそれからもずっとオルゴールを鳴らし続けました。腹《はら》が立って友人が怒鳴《どな》っても、姉は「ごめんね」と言うばかり。

その内、友人は疲れていたこともあって眠ってしまいました。

朝起きても怒《いか》りが収《おさ》まらなかった友人は、いまだ姿を見せない姉の代わりに母親に訴《うった》えました。姉がオルゴールを止めてくれなくてうるさかったと。

「なに言ってるの？　お姉ちゃんは修学旅行でいないでしょう」

姉の部屋にオルゴールはない。

『さて……』

怪談募集はまだまだ続けます。富士見ファンタジアへのハガキ、ｍｉｘｉメッセージ両方で受け付けていますので『おれ、こんな話知ってるぜ。教えてやるよ』っていう方はぜひぜひお送りください。お願いします。

さてさて、こんな場所ながらちと私信を。私信っていっても送る相手がどんな人なのかまるで知らないんですけどね。

将星録《しょうせいろく》サーバーでレイフォン（忍者《にんじゃ》）を作った方、目撃した時はあやうく茶吹きそうになりました。作品応援《おうえん》ありがとうございます。2ndはニーナで打鞭《だべん》二刀流軍学《にとうりゅうぐんがく》でよろしく。

いや、本当に見たんですって。最近は稲葉《いなば》山に近寄ってないのでその人が今どうしてるか知りませんけど。ああ、確か大型バージョンアップをしてすぐの頃だったし、初心者ゾーンから出てきたばっかりな感じのレベルだったから、もしかしたら飽《あ》きてやめてるかもやめてないかも？

富士見に限らずですけど、けっこうオンラインゲームでライトノベルキャラクターの名前を使ってる人がいます。知ってか知らずか作者名でやってる人もいます。別のオンラインゲームをしていた時は、今よりももっとたくさん見ました。

しかしまさか自分のキャラクターの名前を見るとは思わなかった。

横を駆《か》け抜《ぬ》けられた時は本気でびびりましたよ。

もしかしたらその内、同じ徒党《ととう》になる時があるかもしれませんね。

いや、こちらの名前は明かしませんよ？（卑怯者《ひきょうもの》）

『宣伝《せんでん》と次回予告』


七巻は十月予定です。

実は七月に出る本があります。

ファンタジア文庫からではなく単行本です。

レギオスじゃないですけどレギオス関係に一応はなります。

『リグザリオ洗礼《せんれい》』

レギオスがレギオスになる前の世界のお話です。タイトルにもあるように名前しか出てない連中とか名前すら出てない連中も出てきます。主要人物のほとんどがこの世界となにかしらの関係を持っています。

……が、別に読まなくてもレギオスは全然楽しめますので、そこはご心配なく。

でも、読んでくれると嬉《うれ》しいので買ってください。文庫よりちょっとお高くなるかと思いますが……

では、恒例《こうれい》の予告で締《し》めましょう。

ついに学園都市同士の争いが始まる。解決していない廃貴族《はいきぞく》問題という爆弾《ばくだん》を抱《かか》えながら、慌《あわただ》しく戦闘《せんとう》へ突入《とつにゅう》するツェルニとマイアス。

だが、レイフォンはいまだ知らない。

マイアスにリーリンとサヴァリスがいることを。

次回、鋼殻のレギオスⅦ　ホワイト・オペラ

お楽しみに。

未知の領域に到達《とうたつ》したことに、この本を手に取る人たち全てに感謝を。

雨木シュウスケ

富士見ファンタジア文庫

鋼殻《こうかく》のレギオス6
レッド・ノクターン

平成19年5月25日　初版発行
平成21年1月25日　十三版発行

著者——雨木《あまぎ》シュウスケ《しゅうすけ》

発行者——山下直久

発行所——富士見書房
〒102-8144
東京都千代田区富士見1-12-14
http://www.fujimishobo.co.jp
電話　営業　03(3238)8702
　　　編集　03(3238)8585

印刷所——旭印刷
製本所——本間製本

ISBN978-4-8291-1926-6 C0193

第19回「量産型はダテじゃない!」
柳実冬貴&銃爺
大賞賞金300万円にパワーアップ!
ファンタジア大賞
作品募集中!
気合いと根性で送るでござる!
きみにしか書けない「物語」で、今までにないドキドキを「読者」へ。
新しい地平の向こうへ挑戦していく、勇気ある才能をファンタジアは待っています!
大賞　正賞の盾ならびに副賞の300万円
金賞　正賞の賞状ならびに副賞の50万円
銀賞　正賞の賞状ならびに副賞の30万円
読者賞　正賞の賞状ならびに副賞の20万円
詳しくはドラゴンマガジン、弊社HPをチェック!
(電話でのお問い合わせはご遠慮ください)
http://www.fujimishobo.co.jp/
第18回「黄昏色の詠使い」
細音啓&竹岡美穂
第17回「七人の武器屋」
大楽絢太&今野隼史